Bianca

D1615826

FUEGO EN LA TORMENTA
CATHY WILLIAMS

WITHDRAWN

HARLEQUIN™

Editado por Harlequin Ibérica.
Una división de HarperCollins Ibérica, S.A.
Núñez de Balboa, 56
28001 Madrid

© 2016 Cathy Williams
© 2017 Harlequin Ibérica, una división de HarperCollins Ibérica, S.A.
Fuego en la tormenta, n.º 2570 - 20.9.17
Título original: Snowbound with His Innocent Temptation
Publicada originalmente por Mills & Boon®, Ltd., Londres.

I.S.B.N.: 978-84-687-9965-0
Depósito legal: M-17528-2017
Impresión en CPI (Barcelona)
Fecha impresion para Argentina: 19.3.18
Distribuidor exclusivo para España: LOGISTA
Distribuidores para México: CODIPLYRSA y Despacho Flores
Distribuidores para Argentina: Interior, DGP, S.A. Alvarado 2118.
Cap. Fed./Buenos Aires y Gran Buenos Aires, VACCARO HNOS.

Capítulo 1

EN SERIO, Ali, ¡Estoy bien!
Era mentira. Becky Shaw no estaba nada bien. Su trabajo estaba en juego. La consulta de veterinaria donde había trabajado durante los últimos tres años estaba en venta y a punto de convertirse en otro café para atraer a los turistas que llegaban a los Cotswolds durante la temporada de primavera y verano, tratando de capturar su belleza con sus cámaras y comprar artesanía local para intentar llevarse con ellos un poco de su encanto.

Sus amigas Sarah y Delilah acertaron cuando decidieron convertir su casa en taller y galería. Y no era que tuvieran que hacerlo por necesidad, teniendo en cuenta que ambas se habían casado con hombres millonarios.

Además tenía el problema del tejado, y estaba segura de que si escuchaba con atención podría oír el sonido de las gotas que caían dentro de los cubos que había colocado estratégicamente en el pasillo del piso superior.

–¡Siempre te he dicho que eres demasiado joven para vivir atrapada en la mitad de la nada! ¿Por qué no te vienes a Francia? Ven a visitarnos un par de semanas. Seguro que en la consulta pueden prescindir de ti quince días...

«Dentro de tres meses la consulta podrá prescindir de mí para siempre», pensó Becky.

Aunque no pensaba contárselo a su hermana. Tampoco tenía intención de irse al sur de Francia a visitar a Alice y a Freddy, su marido. El corazón se le encogió, tal y como le pasaba cuando pensaba en Freddy, y se esforzó para que al contestar a su hermana no le traicionara la voz.

—No estoy atrapada aquí, Alice.

—He visto los partes del tiempo, Becks. Siempre los miro en mi teléfono y en los Cotswolds dan mucha nieve para el fin de semana. Estarás aquí atrapada a mediados de marzo, mientras el resto del país espera la primavera. ¡Por favor! Me preocupo por ti.

—No deberías —miró por la ventana y se preguntó cómo era posible que todavía estuviera allí, en la casa familiar, cuando se suponía que había regresado de forma temporal para lamerse las heridas antes de continuar con su vida. Habían pasado tres años. Desde entonces, dejándose llevar, había aceptado un trabajo en la consulta de veterinaria y había convencido a sus padres para que retrasaran la venta de la casa durante un tiempo. Solo hasta que ella se recuperara. Su plan era pagarles una cantidad mensual hasta que hubiese avanzado en su carrera. Entonces, se marcharía de los Cotswolds y se dirigiría a Londres.

Sin embargo, allí estaba. A punto de quedarse sin trabajo y en una casa que había que vender porque cada día que pasaba estaba más deteriorada. ¿Cuánto tiempo pasaría antes de que la gotera se extendiera? ¿De veras quería despertarse por la noche con la cama flotando por la habitación?

Hasta el momento no había mencionado los problemas de la casa a sus padres. Ellos se habían marchado a Francia cinco años antes y, al poco tiempo, Alice y su marido también. Ella sabía que, si lo contaba, toda su familia aparecería en la casa con planes para rescatarla.

No necesitaba que la rescataran.

Era una excelente veterinaria. Norman, el hombre mayor que era propietario de la consulta, le haría buenos informes para recomendarla antes de vender y marcharse al otro lado del mundo. Ella no tendría problema para encontrar trabajo en otro lugar.

Además, las mujeres de veintisiete años no necesitaban que las rescataran. Y mucho menos por una hermana pequeña y unos padres preocupados.

−¿No debería ser yo la que me preocupara por ti?

−¿Porque eres tres años mayor?

Becky oyó su maravillosa risa e imaginó a su hermana sentada en el sofá con las piernas cruzadas y la melena rubia sobre uno de los hombros.

Freddy estaría haciendo algo práctico en la cocina. A pesar de que, igual que ella, era un veterinario muy trabajador, le encantaba regresar de la consulta, quitarse los zapatos y relajarse con Alice en la cocina. Allí solía preparar deliciosas comidas, puesto que era un magnífico cocinero.

Y adoraba a Alice. Se había vuelto loco por ella desde el primer momento en que la conoció. En esa época ella era una modelo camino de la fama, y aunque Becky nunca había imaginado que Freddy pudiera sentirse atraído por su hermana, una chica orgullosa de no haber tenido éxito académico y que no había leído un libro desde hacía años, se había equivocado.

Era la pareja mas feliz que se podía imaginar.

—Estaré bien —Becky decidió que otro día les contaría sus problemas—. No saldré en pijama en mitad de la tormenta de nieve, y si alguien es lo bastante estúpido como para salir con ese tiempo a ver qué puede pillar, no creo que se acerque a Lavender Cottage —miró la vieja cortina de la cocina y sonrió—. En el pueblo todos saben que guardo todas mis pertenencias en la caja fuerte del banco.

Lo único que tenía en la casa era ropa vieja, botas llenas de barro y herramientas para arreglar todo lo que se rompía... El tipo de cosas que nadie querría robar.

—Se me ocurrió que podías venir aquí y divertirte un poco antes de que llegue el verano y toda la gente. Sé que viniste para Navidad, pero estábamos tan ocupados con todos los invitados de mamá y papá que tengo la sensación de que hace años que no te veo. Quiero decir, a solas, como cuando éramos más jóvenes y... Bueno, y Freddy y yo...

—Estoy muy ocupada de momento, Ali. Ya sabes que dentro de poco empiezan a nacer los corderos y hay ovejas que necesitan atención por todos lados... Saldré de aquí lo más pronto que pueda. Lo prometo.

No quería hablar de Freddy, el chico que había conocido en la universidad y del que se había enamorado locamente. Se habían convertido en buenos amigos, hasta que él conoció a Alice y le propuso matrimonio.

El chico que le había partido el corazón.

–Cariño, Freddy y yo tenemos algo que contarte y preferiríamos hacerlo en persona...

–¿Qué? ¿Qué es? –preguntó Becky preocupada, imaginándose lo peor.

–¡Vamos a tener un bebé! ¿No es emocionante?

Lo era. Emocionante. Algo de lo que su hermana había estado hablando desde el momento que pronunció *sí quiero,* y avanzó por el pasillo con una alianza de oro en el dedo.

Becky se alegraba mucho por ella. Sin embargo, mientras se acomodaba para pasar la noche de uno de los pocos sábados en los que no estaba de guardia, sintió que el peso de las elecciones que había tomado durante los años recaía sobre ella.

¿Dónde estaban las discotecas de las que debería estar disfrutando? ¿Y las relaciones de amor? ¿Los pretendientes? ¿Y los mensajes de texto? Cuando Freddy se decidió por su hermana, Becky le dio la espalda al amor. A diferencia de Alice, ella se había pasado la adolescencia con la cabeza metida entre los libros. Siempre había sabido qué quería ser de mayor y sus padres siempre la habían animado con los estudios. Ambos eran profesores , su padre de universidad y su madre de un colegio de secundaria. Ella siempre había sido una niña buena que trabajaba duro. Alice, una chica guapa y esbelta, había decidido desde muy pronto que estudiar no era lo suyo y, sus padres, liberales y de izquierdas, no habían puesto ninguna objeción.

Así que, mientras Becky estudiaba, Alice salía de fiesta.

—¡Todo el mundo ha de ser libre para ser como quiere ser, sin tener que ceñirse a vivir según las expectativas de otras personas!

A los dieciocho años Becky se había incorporado a la vida de la universidad y se había percatado de que los estudios no eran compatibles con las noches de alcohol y fiesta.

Había decidido no disfrutar de tanta libertad y, enseguida, se había enamorado de Freddy, que estudiaba el mismo curso de veterinaria que ella.

Él también había pasado la adolescencia estudiando mucho. Era como su alma gemela y ella había disfrutado de su compañía, pero había sido demasiado tímida como para dar un paso más, así que sucedió lo inevitable.

Siempre había observado a su hermana desde la distancia, divirtiéndose de ver cómo Alice entraba y salía de las relaciones de amor, sin embargo, ella nunca se había sentido segura de dar el primer paso.

Y menos mal, porque si lo hubiera hecho la habrían rechazado. El chico al que consideraba su alma gemela, el chico con el que deseaba pasar el resto de su vida, solo estaba interesado en ella como amiga. Becky lo consideraba perfecto para ella. Estable, estudioso, respetuoso, con los pies en la tierra...

No obstante, él no estaba buscando a una mujer que tuviera esas cualidades.

Él quería una mujer vivaracha y superficial. Alguien capaz de retirar sus libros a un lado y sentarse en su regazo.

Él buscaba a una mujer alta, rubia y bella, no a una mujer menuda y pelirroja.

Cuando al anochecer comenzaron a caer los primeros copos de nieve, Becky se preguntó si retirarse a vivir a los Cotswolds había sido una buena idea. Podía imaginarse dentro de diez años haciendo las mismas cosas, en el mismo lugar. Su hermana pequeña sentía lástima por ella y sin darse cuenta se estaba convirtiendo en una caso de beneficencia, en el tipo de persona por la que la sociedad sentía lástima.

La casa se estaba cayendo a pedazos.

En pocos meses dejaría de tener trabajo y estaría obligada a hacer algo con su vida. Tendría que dejar la seguridad que le proporcionaba el mundo rural y sumarse a la vida de la juventud de la ciudad.

Tendría que empezar a salir con chicos otra vez.

Al pensar en ello, se sentía mareada.

No obstante, siguió pensando en ello, y solo dejó de hacerlo cuando sonó el timbre. Por una vez no le importó que la interrumpiera alguien que necesitaba ayuda con un animal. De hecho habría agradecido cualquier cosa que prometiera distraerla del camino oscuro que había tomado su pensamiento.

De camino a la puerta agarró su bolsa de veterinaria y su chaqueta impermeable y abrigada, algo imprescindible en aquella parte del mundo.

Abrió la puerta mientras se ponía una bota, con el gorro de lana en la cabeza y las llaves del coche en el bolsillo.

Lo primero en lo que se fijó fue en los zapatos. No pertenecían a un granjero. Estaban hechos de ante y empezaban a cambiar de color a causa de la nieve.

Después se fijó en los pantalones.

Caros. De color gris pálido y de lana. Muy poco prácticos. Ella apenas se percató de que estaba mirándolo atentamente, como si estuviera haciendo un inventario de su visitante inesperado, y se fijó en su abrigo de lana negro y en el jersey que llevaba debajo y que resaltaba un cuerpo tan masculino que provocó que se le cortara la respiración durante unos segundos.

–¿Piensa terminar pronto la inspección ocular? Más que nada porque me estoy empapando aquí fuera.

Becky levantó la vista y experimentó una mezcla de vergüenza y asombro.

Durante unos segundos se quedó sin habla, contemplando al hombre más atractivo que había visto en su vida.

Tenía el cabello negro y ligeramente largo. Las facciones del rostro perfectas. Los ojos grises y rodeados de largas pestañas.

Al ver que la miraba fijamente, Becky comentó:

–Deme dos segundos –se puso la otra bota y se preguntó si necesitaría su bolso. Probablemente no. No reconocía a aquel hombre y, por su manera de vestir, era evidente que no era ganadero así que no tendría que ayudar a parir a ninguna oveja.

Seguramente eso significaba que sería uno de los ricos de ciudad que tenían una segunda vivienda en alguno de los pueblos pintorescos de los alrededores. Era probable que hubiera ido a pasar el fin de semana con un grupo de amigos y que alguna de sus mascotas se hubiera hecho daño.

Solía ocurrir. Esas personas no se daban cuenta

de que los perros y los gatos acostumbrados a camas de plumas y peluquerías caninas se volvían locos cuando llegaban al campo.

Entonces, cuando sus queridos animalitos regresaban cojeando o sangrando, los dueños no tenían ni idea de qué hacer. Becky no recordaba el número de veces que la habían llamado para atender y consolar al dueño de un perro o un gato que había sufrido un corte en la pata.

–¡Está bien! –dijo ella, poniendo un poco de distancia entre ambos–. Si no nos marchamos en cinco segundos, ¡será un infierno regresar hasta aquí! ¿Dónde tiene el coche? Lo seguiré.

–¿Seguirme? ¿Y por qué quiere seguirme?

Su voz era tan seductora como su cara.

–¿Quién es usted? –lo miró y se le aceleró el corazón.

–Ah. Quiere que me presente. Ahora vamos avanzando. Solo tiene que invitarme a pasar y todo regresará a la normalidad.

Aquello desde luego no era normal.

Theo Rushing había pasado las últimas cuatro horas y media conduciendo en segunda para transitar, en unas pésimas condiciones climatológicas, por aquellas carreteras estrechas y regañándose por pensar que sería una buena idea encargarse de aquel asunto en persona, en lugar de pedirle a uno de los empleados que lo hiciera.

Aquel viaje era un asunto personal y no quería delegar en nadie.

De hecho, lo que quería era muy sencillo. La casa a la que todavía tenían que invitarlo a pasar.

Suponía que sería capaz de conseguirla sin mucho esfuerzo. Después de todo, tenía dinero y, según le habían informado, la casa todavía pertenecía a la pareja que la compró originalmente. Para Theo, eso era un milagro. ¿Cuánto tiempo podía vivir una familia en un lugar donde solo había campo y nada que hacer? Sin duda aquella pareja pensaba en retirarse en algún lugar menos remoto...

El único asunto a debatir sería el precio.

Él quería comprar la casa y la compraría, porque era la única manera que se le ocurría para conseguir que la vida de su madre recuperara algo de vitalidad.

Por supuesto, en la lista de prioridades, la casa iba muy por debajo de su deseo de verlo casado, un deseo que se había intensificado mucho a partir del derrame cerebral que había sufrido unos meses antes.

No obstante, eso no iba a suceder. Él había visto lo que el amor podía destruir. Había observado a su madre retirarse de la vida cuando su esposo, y padre de Theo, se había matado de repente, impidiendo que la pareja pudiera disfrutar de su futuro y de estar con su hijo. Entonces, Theo solo tenía siete años, pero era lo bastante listo para saber que si su madre no hubiera entregado toda su esencia a eso que llamaban amor, no se habría pasado el resto de la vida viviendo la vida a medias.

La magia y el poder del amor eran cosas de las que él prefería prescindir. Su madre se negaba a aceptar tanto realismo y Theo había dejado de intentar convencerla para que lo comprendiera. Si ella quería seguir alimentando la fantasía de que algún día él se encontraría con la mujer perfecta, pues bien. Theo había decidido que ya no le presentaría a ninguna de las mujeres imperfectas con las que salía, ya que nunca conseguiría que su madre les diera el visto bueno.

Así que solo quedaba la casa.

Lavender Cottage... la primera casa de sus padres... el lugar donde lo habían concebido a él... y la casa de la que su madre se había marchado cuando su padre había sufrido aquel terrible accidente. Niebla... Un camión circulando a velocidad excesiva... Su padre iba en bicicleta y no tuvo oportunidad...

Marita Rushing se había quedado viuda muy joven y nunca se había recuperado. Nadie había tenido la oportunidad de ayudarla a superar el fantasma del esposo perfecto. Ella seguía siendo una mujer muy bella, pero cuando uno la miraba no veía sus grandes ojos negros ni su melena oscura... Solo la tristeza de una vida dedicada a los recuerdos.

Y desde hacía poco tiempo, ella quería regresar al lugar donde residían los recuerdos.

La nostalgia había sido una fiel compañera y ella deseaba enfrentarse al pasado para poder superarlo. Regresar a la casa, era parte esencial de la terapia.

En aquellos momentos, ella estaba en Italia. Llevaba allí seis semanas, visitando a su hermana. Los recuerdos acerca de la casa y su deseo de regresar a esa zona para pasar los últimos años de su vida, se habían sustituido por insinuaciones acerca de que quizá se mudara a Italia y se olvidara de Inglaterra.

—Apenas estás en el país —le había dicho ella un par de semanas antes. Era algo que Theo no podía discutir–. Y cuando estás, bueno, ¿qué soy yo para ti aparte de una madre mayor a la que estás obligado a visitar? No es como si tuviera una nuera, o nietos, o alguna de esas cosas que espera tener una mujer de mi edad. ¿Qué sentido tiene que yo esté en Londres, Theo? Te vería lo mismo que si viviera en Tombuctú.

Theo quería a su madre, pero no podía prometerle que tendría una esposa, ni que le daría nietos. Era algo que no contemplaba para su futuro.

Si de verdad hubiera pensado que ella iba a ser feliz en Italia, él la habría animado a quedarse en la villa que le había comprado seis años antes, pero quedaba demasiado lejos de la ciudad donde se había criado y donde vivía su hermana.

Después de dos semanas ella regresaría a Londres, aliviada de estar de regreso y con montones de historias acerca de Flora, su hermana mandona.

Puesto que de momento se estaba recuperando del derrame, Flora se comportaba de manera cariñosa y amable con ella. Sin embargo, si su madre decidiera quedarse allí de forma permanente, Flora se convertiría pronto en la hermana mayor que la volvía loca.

–¿Para qué se viste? –preguntó Theo sorprendido. La chica que vivía en la casa era una mujer menuda y rellenita, pero él se quedó atrapado por la mirada de sus ojos color turquesa y su cutis perfecto–. Y todavía no me ha contado quién es.

–Creo que no es momento de charlar –Becky pestañeó y se esforzó para pensar con claridad. Cada vez hacía más frío y nevaba con más fuerza–. Lo acompañaré, pero tendrá que traerme de nuevo –pasó a su lado y salió a la parte delantera de la casa. Se fijó en el Ferrari de color rojo que estaba mal aparcado y dijo–: ¡No me diga que ha venido en eso!

Theo se volvió hacia ella. Becky había pasado a su lado como una flecha y contemplaba su coche con las manos en las caderas.

Él no tenía ni idea de qué era lo que estaba pasando.

–¿Traerla de nuevo? –consiguió decir.

–¿Está completamente loco? –Becky suspiró–. ¡No pienso subirme a ese coche con usted! Y no puedo creer que pensara que venir a buscarme conduciendo ese coche fuera buena idea. ¿Es que no se entera de nada? No hay que ser un genio para saber que esas carreteras son mortales para esos coches ridículos?

–¿Coches ridículos?

–¡Yo que voy con el coche adecuado considero que las carreteras son difíciles!

–Resulta que ese coche ridículo es un Ferrari que cuesta más de lo que, probablemente, gana usted en un año –Theo se pasó la mano por el cabello–. ¡Y no tengo ni idea de por qué estamos aquí fuera hablando de coches en medio de la tormenta!

–¿Cómo diablos se supone que vamos a llegar hasta donde está su mascota si no conducimos hasta allí? A menos que tenga un helicóptero esperando en algún sitio...

–¿Mascota? ¿Qué mascota?

–¡Su gato!

–¡Yo no tengo gato! ¿Por qué iba a tenerlo? ¿Por qué iba a tener una mascota y que la ha llevado a pensar eso?

–¿Quiere decir que no ha venido a buscarme para que ayude a un animal?

–Es veterinaria –de pronto, la bolsa, la ropa de abrigo y las botas de agua llenas de barro cobraron sentido.

Theo había ido a la casa para echar un vistazo y decidir cuánto estaba dispuesto a ofrecer. Lo mínimo posible. Su madre había aceptado la primera oferta que le habían hecho, porque estaba desesperada por salir de allí. Él tenía intención de aprovechar que la casa estaba en mal estado para hacer una oferta muy baja.

–Así es... Y si no tiene una mascota y no necesita mi ayuda, ¿para qué diablos está aquí?

–Esto es ridículo. Hace mucho frío. Me niego a mantener una conversación a temperatura bajo cero.

–Me temo que no me siento cómoda dejándolo pasar a mi casa –Becky lo miró. Era un hombre alto y había aparecido en su casa de repente. Ella estaba sola y nadie la oiría si gritaba pidiendo ayuda. Si es que la necesitaba.

Theo estaba indignado. Nunca, nadie se había atrevido a decirle algo así en su vida. Y mucho menos una mujer.

–¿Qué es lo que sugiere? –preguntó mirándola con frialdad.

Becky se sonrojó, pero no cedió.

–No lo conozco –lo miró de forma retadora. Todo su cuerpo estaba activado por su presencia. Era como si, por primera vez en su vida, ella fuera consciente de su cuerpo, de su feminidad, de sus senos hinchados y sus pezones turgentes. Se sentía incómoda y desconcertada.

–Podría ser cualquiera. Pensé que había venido a buscarme porque necesitaba ayuda con un animal, pero no es así. Entonces, ¿quién diablos es y por qué cree que voy a permitir que entre en mi casa?

–¿Su casa? –recorrió con sus ojos grises el edificio y sus alrededores–. Es demasiado joven para ser la dueña de este lugar, ¿no cree?

–Soy mayor de lo que piensa –Becky se puso a la defensiva–. Y, aunque no sea asunto suyo, sí, esta casa es mía. O al menos, me ocupo de ella mientras mis padres están de viaje. Así que, no permitiré que entre. Ni siquiera sé su nombre.

–Me llamo Theo Rushing –parte del puzzle se colocó. Él esperaba encontrarse a los propietarios de la casa. No estaba seguro de qué era con lo que iba a encontrarse, pero desde luego no iba predispuesto a ser comprensivo con alguien que se había aprovechado de una mujer desconsolada, como había estado su madre en aquel entonces.

En cualquier caso, él había ido con la chequera preparada, pero no le serviría de mucho puesto que los propietarios no estaban y aquella mujer beligerante no podría tomar ninguna decisión acerca de nada.

De hecho, le parecía el tipo de mujer que le arrancaría los billetes de las manos, o al menos trataría de convencer a sus padres de que...

Estaba acostumbrado a que las mujeres quisieran complacerlo, pero al ver la mirada suspicaz de aquella mujer, y la manera en que se puso en guardia como si estuviera dispuesta a atacar, él pensó que quizá no era buena idea anunciar el motivo de su visita.

Quería la casa e iba a conseguirla, pero tendría que ser creativo a la hora de manejar la situación.

De pronto experimentó una ola de adrenalina.

Theo había conseguido tantas cosas en la vida que había perdido la emoción que suponía enfrentarse a un reto. Cuando se podía tener todo lo que se deseaba, uno perdía interés en las cosas que debían resultar emocionantes. Nada era emocionante si no había que esforzarse para conseguirlo, y eso, incluía a las mujeres.

Conseguir aquella casa suponía un reto y a él le gustaba la idea.

—Y estoy aquí... —miró el cielo oscuro. Tenía pensado llegar temprano, pero inusuales retrasos habían provocado que llegara cuando se había hecho oscuro.

Se fijó en la mujer que tenía delante y vio que estaba tan abrigada que sería capaz de permanecer cinco horas más allí fuera sin pasar frío. Él, sin embargo, no iba preparado para ese tipo de clima.

Mientras esperaba a que continuara, Becky no pudo evitar mirarlo. Era tan atractivo que casi resultaba doloroso apartar la mirada. Durante el tiempo que estuvo enamorada de Freddy, había disfrutado mirando y contemplando sus rasgos amables y la ternura que expresaba su mirada. Sin embargo, nunca se había sentido así. Había algo fascinante y cautivador en las sombras de su rostro poderoso. Él era todo lo contrario a lo que pudiera resultar amable y, sin embargo, ella se sentía abrumada.

—¿Sí? —cerró los puños dentro del abrigo y preguntó—. ¿Está aquí para...?

—Me he perdido —Theo extendió el brazo para señalar los alrededores–. Y tiene razón, llevo un coche que no es muy bueno para ir por la nieve. No estoy acostumbrado a las carreteras rurales y mi navegador ha hecho todo lo posible para ayudarme a llegar a mi destino.

Estaba perdido. Tenía sentido. Una vez se dejaba la carretera principal uno se adentraba en un enjambre de carreteras oscuras que despistarían hasta el mejor cartógrafo.

No obstante, eso no cambiaba el hecho de que ella estuviera sola en la casa y él fuera un desconocido.

Theo habló como si le hubiera leído la mente.

–Mire, comprendo que pueda sentirse vulnerable si está aquí sola... Le aseguro que estará completamente a salvo si me deja entrar. El único motivo por el que le pido que me deje pasar es porque el tiempo está empeorando y, si me meto en el coche e intento volver a un lugar conocido, no sé dónde puedo acabar.

Becky se fijó en que el deportivo estaba cubierto de nieve. «En la cuneta», parecía que estaba escrito en la capota.

¿Se quedaría tranquila después de permitir que se adentrara de nuevo en la noche, sabiendo que terminaría sufriendo un accidente? ¿Y si el coche se salía de la carretera, chocaba contra los árboles y ocurría una desgracia?

¿Y si terminaba atrapado en una carretera rural? Acabaría muriendo por hipotermia, ya que ni siquiera llevaba ropa adecuada para el tiempo que hacía.

–Una noche –dijo ella–. Y buscaré a alguien que

venga a recogerlo a primera hora de la mañana. No me importa si tiene que dejar aquí el coche.

–Una noche –murmuró Theo.

Becky experimentó la sensación de peligro en su interior.

Le ofrecería refugio durante una noche. Solo una. ¿Qué daño podía sufrir por eso?

Capítulo 2

DABA la sensación de que la casa encogió en cuanto él entró. Theo había sacado el ordenador del coche y, al ver que no llevaba nada más, Becky lo miró frunciendo el ceño.

–¿Es todo lo que ha traído?

–Todavía no me ha dicho su nombre –la casa estaba en las últimas. Theo no era aparejador, pero era evidente. Miró a Becky y se quitó el abrigo.

–Me llamo Rebecca. Becky –lo observó mientras él colgaba el abrigo en uno de las percheros de la entrada y al, apreciar su cuerpo musculoso notó que se le secaba la boca.

Aquella situación quedaba muy lejos de su zona de confort. Desde que sucedió lo de Freddy, ella se había centrado en sí misma, conformándose con salir con viejos amigos como parte del grupo. Algunos de los cuales habían regresado a los Cotswolds como ella, pero para formar una familia. Ella no había elegido desalentar a los hombres, pero apenas había salido con ninguno. Le habían pedido salir en dos ocasiones y en ambas había decidido que la amistad con ellos era más valiosa que la posibilidad de compartir un romance.

En realidad, cuando trataba de pensar en las relaciones románticas que había mantenido, se quedaba en blanco. Ella quería a alguien considerado y cariñoso, y esa clase de hombre ya estaba ocupado.

Los chicos que le habían pedido salir la conocían de toda la vida. Becky sabía que uno de ellos estaba recuperándose de una ruptura sentimental y que solo le había pedido salir para desquitarse.

El otro, el hijo de unos granjeros a los que ella había tenido que asistir en varias ocasiones cuando estaba de guardia, era bastante simpático. No obstante, que fuera bastante simpático no era suficiente para ella.

O quizá era demasiado exigente. Cuando una persona pasaba mucho tiempo sin pareja, se volvía cuidadoso y no permitía que nadie se adentrara en su vida. Se volvía protectora de su espacio. ¿Era eso lo que le estaba sucediendo a ella?

En cualquier caso, su zona de confort estaba a punto de desaparecer a menos que decidiera quedarse allí donde estaba y no viajar en busca de otro trabajo.

Decidió que invitar a Theo era una buena práctica para lo que le esperaba. Había abierto la puerta a un desconocido y, de algún modo, sabía que no suponía una amenaza física para ella.

De hecho, al ver su atractivo sexual, era ridículo pensar que pudiera estar interesado en ella. Al menos, de otra manera que no fuera para tener la posibilidad de refugiarse de la tormenta de nieve.

—Puedo mostrarle una de las habitaciones libres —Becky se sonrojó al percatarse de que no podía dejar de mirarlo–. No las mantengo calientes, pero encenderé el radiador y no tardará mucho en subir la temperatura. A lo mejor se quiere asear un poco.

–Me encantaría –admitió Theo–. Por desgracia, no tengo ropa de cambio. ¿Quizá tenga usted algo que pueda prestarme? ¿Ropa vieja de su esposo? ¿O de su novio? –se preguntaba si ella pensaba estar toda la noche con el anorak y las botas puestas. Debía ser la mujer menos preocupada por la moda que había conocido nunca, sin embargo, había algo en ella que lo tenía cautivado.

Los ojos, el cabello rebelde cubierto por el gorro de lana, la falta de maquillaje... ¿Qué era?

Theo no tenía ni idea, pero nunca se había sentido tan vivo en presencia de una mujer.

También hacía mucho tiempo que una mujer no estaba desesperada por llamar su atención.

–Puedo prestarle algo –dijo Becky. Tenía mucho calor con el abrigo, pero no le apetecía quedarse en vaqueros y camiseta delante de él. Su mirada hacía que se sintiera incómoda–. Mi padre dejó alguna ropa en el dormitorio que va a utilizar usted. Puede mirar y ver qué puede servirle. Y si deja la ropa en la puerta del dormitorio, puedo meterla en la lavadora.

–No es necesario.

–Está empapado –dijo Becky–. Si no lava la ropa y la deja secar sin más, olerá.

–En ese caso, acepto su oferta –repuso Theo.

Becky se sonrojó.

Consciente de su mirada, ella comenzó a subir por la escalera e ignoró el cubo que recogía el agua que caía de la gotera del tejado. Abrió la puerta de uno de los dormitorios. La casa era bastante grande, tenía cinco dormitorios y alguna construcción más en el exterior. Era demasiado grande para ella y se preguntaba si sus padres le habrían permitido volver a vivir allí porque sentían lástima por ella. Ellos no sabían nada acerca de lo de Freddy, así que no sabía qué pudieron sentir cuando ella insistió en regresar a la casa familiar mientras que su hermana Alice hacía planes de boda para empezar una nueva etapa.

Becky puso una mueca.

Sus padres nunca le habrían negado la posibilidad de volver a la casa, pero no eran ricos. Se habían comprado una casa pequeña en Francia cuando murió su abuela, y ambos continuaron trabajando a media jornada como maestros en la escuela local.

Becky siempre había considerado que era una buena manera de integrarse en la vida del pueblo francés, pero ¿y si solo lo habían hecho porque necesitaban el dinero?

Entretanto, ella estaba allí pagando un pequeño alquiler y viendo cómo el lugar se iba deteriorando poco a poco...

De pronto, se quedó asombrada de su propio egoísmo. Era algo que nunca se le había ocurrido hasta entonces.

Haría llamadas y tantearía el terreno. Después de todo, le gustara o no, su vida cambiaría drásticamente cuando se quedara sin trabajo.

Theo la miró y se preguntó qué estaría pensando. Se había fijado en la manera que había rodeado el cubo de agua que había en el pasillo.

Era sorprendente que una mujer de su edad eligiera vivir en ese lugar, al margen de lo gratificante que pudiera resultar su trabajo.

Cuando él comprara la casa, le haría un favor al forzarla a regresar al mundo real.

Donde la vida avanzaba.

Eso la obligaría a dejar de esconderse, porque estaba seguro de que eso era lo que estaba haciendo.

¿Esconderse de qué? Theo se sorprendió de lo interesado que estaba en obtener respuesta a esa pregunta.

Aunque si lo que pretendía era conseguir que ella no se interpusiera en su plan de comprar la casa, ¿no sería mejor que llegara a conocerla un poco mejor?

Por supuesto, podría ignorarla y hablar directamente con sus padres. Hacerles una oferta que no pudieran rechazar. No obstante, por una vez, no quería ser tan desconsiderado. Había algo que le resultaba muy atractivo en aquella mujer. Y no se olvidaba de que en ocasiones el dinero no conseguía abrir la puerta que uno quería abrir. Si se dirigía directamente a los padres, corría el riesgo de que ellos se unieran a su hija para bloquearlo de forma permanente. Daba igual la cantidad de dinero que él pudiera ofrecer. La lealtad familiar podía ser un arma poderosa y él debía saberlo... ¿No era la lealtad familiar lo que lo había llevado hasta esa casa semiabandonada?

Becky encendió el radiador y abrió el armario para mostrarle la ropa de su padre. Sacó una toalla del armario del pasillo y la dejó sobre la cama. Después le informó de que el baño estaba al final del pasillo, y de que no tirara de la cisterna antes de abrir la ducha porque el agua saldría muy caliente y podría quemarse.

Theo se acercó a ella despacio y se detuvo a poca distancia.

Cuando Becky respiró, percibió su aroma masculino mezclado con el aire de invierno. Se apoyó en la puerta y pestañeó. De repente, se sentía inestable.

Él tenía las pestañas muy largas y oscuras. Ella quería preguntarle de dónde era, porque tenía cierto aire exótico que era muy cautivador.

Se había arremangado el jersey y ella se percató de sus brazos musculosos cubiertos por una fina capa de vello oscuro.

Becky notó que le costaba respirar.

–¿No comprendo por qué vive aquí? –preguntó Theo con curiosidad.

–¿Qué quiere decir? –tartamudeó Becky.

–La casa necesita muchos arreglos. Comprendería que sus padres quisieran que se quedara en ella mientras la arreglaban, pero... ¿Puedo llamarte Becky? Hay un cubo en el pasillo... ¿Durante cuánto tiempo piensas vaciarlo antes de admitir que es posible que haya que cambiar el tejado?

Los comentarios de Theo le parecieron ofensivos.

–¡El estado de la casa no es asunto suyo! –se sonrojó–. Está aquí durante una noche, y solo porque no habría podido perdonármelo a mí misma si lo hubiera dejado en la calle con este tiempo. Eso no le da derecho a...

–¿Hablar?

–No está hablando, está...

–Es probable que esté diciendo cosas que ya se le

han ocurrido previamente, cosas que quizá haya elegido ignorar –se encogió de hombros, sorprendido por el hecho de que ella no tuviera interés alguno en impresionarlo–. Entiendo que prefiera que no lo haga. Tengo algo de trabajo que hacer cuando llegue abajo, y después podemos conversar sobre el tiempo.

–Estaré abajo –fue todo lo que ella pudo decir.

No podía creer que él se hubiera atrevido a hacer esos comentarios.

No obstante, no estaba equivocado.

Y ese extraño impertinente le había dado el ímpetu que necesitaba para hacer una llamada a sus padres. En cuanto llegara a la cocina y cerrara la puerta, porque ese hombre era sigiloso como una pantera y no esperaba a que lo invitaran a hablar. Durante la conversación dieron bastantes rodeos, pero al final era cierto que les parecía estupendo si pudieran vender la casa, aunque nunca le pedirían que se marchara.

Pero... Pero...

Había muchos peros, así que cuando Becky colgó quince minutos más tarde ya no tenía duda acerca de que no solo iba a quedarse sin trabajo, sino que tampoco tendría techo cuando la inmobiliaria local se acercara a hacer la tasación.

Sin dejar de darle vueltas al asunto, regresó escaleras arriba. Deseaba poder pensar con claridad y mirar hacia el futuro, pero el camino era confuso. ¿Y si no conseguía un empleo? Debería resultarle sencillo, pero trabajaba en un área muy específica. ¿Y si encontraba trabajo en un lugar mucho más remoto que aquel? ¿De veras quería pasar unos años en medio de Escocia? Aunque primero buscaría trabajo en Londres, Mánchester o Birmingham...

Y tras todas esas preguntas yacía el descontento que le había invadido después de la conversación con su hermana.

Su vida se había puesto en perspectiva. De pronto le parecía que el tiempo que había pasado allí, había sido tiempo perdido. En lugar de avanzar, había permanecido en el mismo lugar, pedaleando furiosamente y sin llegar a ningún sitio.

Becky volvió a la realidad al ver que la ropa de Theo, que ella le había pedido que dejara en la puerta de la habitación, no estaba allí.

¿Es que pensaba que estaba en un hotel?

¿Creía que ella era como una doncella y que esperaría a que él se molestara en darle la ropa sucia? ¡Ni siquiera tenía que lavarle la ropa! Podría haberlo dejado con su ropa mojada con olor a humedad.

Era evidente que él se consideraba tan importante que creía que podía hacer lo que quisiera. Decirle lo que le apetecía y aceptar su hospitalidad mientras se comportaba con ella de manera hostil porque le parecía divertido.

Ella desconocía si era un hombre importante o no, pero aparte del coche y la ropa que llevaba había algo en él que exudaba riqueza.

O poder.

En cualquier caso, nada de eso impresionaba a Becky. Nunca le había dedicado tiempo a las personas que pensaban que el dinero lo era todo. Y no solo por la manera en que se había criado. Lo que importaba era lo que había por dentro. Ese era el motivo por el que aunque Freddy no había sido el hombre adecuado para ella, sabía que existía algún hombre amable e inteligente para ella.

Y después de haber estado al margen del mundo de las relaciones de pareja, tendría que volver a él porque si no se convertiría en una mujer soltera y presenciaría como madrina de honor todas las bodas de sus amigas.

Inundada por un sentimiento de autocompasión, abrió la puerta entreabierta del cuarto de invitados y se detuvo en seco. Sus piernas se paralizaron y le resultaba imposible pensar.

No sabía hacia dónde mirar, pero sabía que daba igual porque mirara donde mirara acabaría fijándose en él. Era alto, de anchas espaldas y con la piel bronceada. Tenía las piernas de atleta y el vientre musculoso.

Y estaba completamente desnudo, a excepción de los calzoncillos.

Becky se aclaró la garganta y trató de hablar, pero no lo consiguió.

—Estaba a punto de dejar la ropa fuera...

Sin el gorro de lana en la cabeza, se veía su cabello largo, ondulado y oscuro. Y sin tantas capas de ropa invernal ya no era la mujer rellenita que había imaginado. Incluso con la camiseta de rugby que llevaba podía verse su silueta esbelta.

Era evidente que en aquella zona remota no había llegado la moda de estar musculado, delgado y bronceado.

Theo notó que todo su cuerpo reaccionaba al mirarla y se volvió, ya que los calzoncillos no eran suficiente protección para su erección.

Él la estaba mirando. Becky nunca había sido tan consciente de su propio cuerpo, ni de su persona. ¿Por qué la miraba de esa manera? ¿Era consciente de que lo estaba haciendo?

No podía creer que él la estuviera mirando porque fuera la mujer más bella que había visto nunca. Era una mujer adulta y sabía que mientras que su hermana Alice había destacado por la belleza, ella siempre había destacado por la inteligencia.

Él se volvió y se cubrió con unos pantalones viejos de su padre y una sudadera. Cuando se giró de nuevo hacia ella, Becky tuvo la sensación de que la miraba de arriba abajo con sus fríos ojos grises.

Ella lo había mirado porque él parecía un dios griego. Ella, sin embargo, era una mujer normalita.

¿Debía sentirse en peligro? Estaba sola en aquella casa...

No se sentía amenazada. Se sentía inquieta.

—La ropa —consiguió decir, y estiró la mano mientras él recogía su ropa para dársela—. Me aseguraré de que esté limpia mañana por la mañana.

—Lo primero... Antes de que me eche —murmuró Theo, sorprendido por la reacción de su libido.

«Ella está deseando escapar», pensó él con incredulidad.

Acababa de suceder algo entre ellos. Él había visto cómo ella lo miraba con los ojos bien abiertos y cómo se había quedado paralizada, como si temiera que un falso movimiento pudiera llevarla a hacer algo... inesperado.

¿Allí sucedían cosas inesperadas? ¿O es que ella estaba allí porque estaba huyendo de algo inesperado? ¿Se sentía culpable por un error del pasado? ¿Había tenido una relación con un hombre casado? ¿O con un mujeriego que la había utilizado para después dejarla de lado? Las posibilidades eran infinitas.

Ella no estaba allí por dinero. El cubo del pasillo lo decía todo. Quizá viviera gratis en aquel lugar, pero no ganaba suficiente ni para mantenerlo.

–¿Y qué pasará si sigue nevando por la mañana?

Ella agarraba la ropa con fuerza y lo miraba con sus grandes ojos azules. Tenía la boca entreabierta y se humedeció los labios con la lengua. Theo tuvo que contenerse para no acercarse y estrecharla entre sus brazos.

–No nevará.

–Si no estaba preparada para poner en riesgo mi vida echándome de aquí, ¿correrá el riesgo de pedirle a alguien que venga a buscarme?

–Podía haberlo llevado yo. Tengo un todoterreno. Va bien en estas condiciones.

–Cuando llamé a la puerta... –Theo se apoyó en el marco de la puerta–. No imaginaba que abriría alguien como usted.

–¿Qué quiere decir?

Él permaneció callado unos segundos.

–Está a la defensiva. ¿Por qué?

–¿Por qué cree? No lo conozco –el roce de su dedo helado sobre la barbilla fue como una marca de hierro candente.

–¿Qué cree que voy a hacer? Me refería a alguien joven. Esperaba alguien mucho mayor viviendo en el campo.

–Ya le he dicho que la casa pertenece a mis padres. Yo estoy aquí... Mire, voy al piso de abajo a lavar esto... –dijo, pero permaneció en el mismo sitio.

Deseaba retirarle la mano... Deseaba que él hiciera algo más con ella, que le acariciara el rostro y los hombros, la piel desnuda de su vientre y sus senos redondeados... No quería oír nada de lo que él tuviera que decir, no obstante, él la estaba haciendo pensar y eso no podía ser malo.

–Está bien –dijo él, y dio un paso atrás.

Durante unos instantes, Becky permaneció allí sin decir nada. Después, se aclaró la garganta y salió de la habitación.

Cuando él se reunió con ella en la cocina, la ropa ya estaba en la lavadora y Becky ya había recuperado la compostura.

Theo la observó unos segundos desde la puerta. Ella estaba de espaldas a él y cortaba verduras mientras en la televisión informaban de las zonas que se habían quedado incomunicadas por la nieve.

Antes de bajar, él se dedicó a curiosear por los dormitorios y se encontró con lo que esperaba encontrarse a juzgar por el cubo del pasillo.

La casa estaba en las últimas. ¿Estaba mal que la hubiera inspeccionado antes de hacer una oferta de compra? No. Había ido para proponer una oferta y, aunque la situación había cambiado un poco de rumbo, nada había cambiado en lo fundamental.

¿Era posible que la mujer que estaba pelando verduras también entrara en el lote de lo que él deseaba? ¿Era parte del trato que él quería conseguir?

En cierto modo sí.

Y no se avergonzaba de ser tan pragmático. ¿Por qué debería avergonzarse? Él era como era y siempre había tenido éxito.

Si uno se dejaba guiar por las emociones, terminaba siendo víctima de cualquier circunstancia que lo desviara de su curso.

No tenía intención de convertirse en víctima de sus emociones.

Su madre había tenido mucho que ofrecer, pero había permitido que su corazón herido tomara las riendas de su futuro, de tal modo que al final lo que podía ofrecer se desvaneció. ¿No era ese el motivo por el que estaba tan obsesionada con la idea de tener nietos? ¿Y de que él se casara?

Él era el único que podría beneficiarse de su capacidad de dar.

Eso era lo que las emociones hacían a las personas. Les robaba la capacidad de pensar. Ese era el motivo por el que nunca se había comprometido y nunca lo haría. El compromiso llevaba a una relación seria y las relaciones casi siempre terminaban en desastre.

Él tenía su vida bajo control y eso le gustaba.

Estaba seguro de que Becky se había ido a vivir allí por una historia capaz de conmover a algunas personas. Él no se conmovería. Sería capaz de descubrir qué había pasado y de convencerla de que aquel no era un buen lugar para ella. Así, cuando fueran a vender la casa, no se enfrentaría a sus padres.

Para entonces él ya habría desaparecido de su vida. No habría sido más que un extraño que apareció una noche y se marchó. Ella recordaría lo que él le había dicho y le estaría agradecida.

Sinceramente, aquel no era lugar para ella. No era saludable. Becky todavía era muy joven.

Theo se fijó en su trasero redondeado...

Demasiado joven y demasiado sexy.

–¿Qué está cocinando?

Becky se volvió y lo vio en la puerta. Su padre era un poco más bajo que Theo, así que la ropa le quedaba pequeña. Iba descalzo. Ella lo miró a los ojos y vio que él la miraba con una sonrisa.

–Pasta. Nada especial. Y puede ayudarme –se volvió y notó que él se acercaba. Le señaló las cebollas y le dio un cuchillo–. Me ha hecho muchas preguntas –le dijo, tratando de no mirarlo–. Sin embargo, yo no sé nada de usted.

–Pregunte.

–¿Dónde vive?

–En Londres –Theo no recordaba cuándo había cortado cebollas por última vez.

–¿Y qué está haciendo en esta parte del mundo? ¿Aparte de perderse?

Theo experimentó cierto sentimiento de culpa.

–Había sacado a mi coche a hacer un poco de rodaje –comentó–. Y de paso fui a visitar a un par de parientes por el camino.

–Algo extraño para hacer en esta época del año –musitó Becky–. Y solo.

–¿Sí? –Theo dejó la cebolla–. ¿Hay algo de beber en esta casa o es que los veterinarios no beben, por si los llaman a medianoche y tienen que ir en coche por esas carreteras para asistir a un animal enfermo?

Becky dejó lo que estaba haciendo y lo miró. Se fijó en lo mal que había partido la cebolla.

–No se me dan muy bien las tareas domésticas –Theo se encogió de hombros.

–Hay vino en la nevera. Esta noche no estoy de guardia y, además, no suele haber cientos de emergencias nocturnas. No soy un médico. La mayor parte de mis pacientes pueden esperar unas horas y, si no, todo el mundo sabe dónde está el hospital veterinario más cercano. No ha contestado mi pregunta. ¿No es extraño que esté por aquí conduciendo sin más...?

Theo se tomó su tiempo para servir el vino. Después, le entregó una copa a ella y se acomodó en una silla de la cocina.

El ático en el que vivía Theo era un lugar amplio y ultramoderno. Él no necesitaba un lugar acogedor aunque reconocía que era agradable tenerlo cuando se estaba en medio de una tormenta de nieve. Aquella cocina era acogedora. La mesa de madera de pino, una cocina de leña, el suelo con calefacción radiante...

–Daba un paseo en coche. Nada más –dijo él–. Tengo un coche de lujo y casi nunca puedo usarlo. Casi nunca paro, y cuando lo hago, sigo en activo –sonrió.

–¿A qué diablos se dedica? –preguntó Becky.

–Compro cosas, las arreglo y las vendo de nuevo. Algunas me las quedo porque soy codicioso.

–¿Qué tipo de cosas?

–Empresas.

Becky lo miró pensativa. La salsa estaba hirviendo en el fuego. Se sentó frente a él con su copa de vino.

Mirándola, Theo se preguntaba si ella era consciente de la cantidad de dinero que él poseía.

–Pobrecito.

–¿Perdona? –preguntó tuteándola.

–Debe ser terrible no tener tiempo para uno mismo. Yo no tengo demasiado, pero realmente me gusta lo que hago. Odiaría tener que conducir mi coche en medio de la nada solo para tener un poco de paz.

Ella se rio. Por primera vez desde su llegada, Theo la notó relajada.

–Nuestros padres siempre insistieron en que el dinero no era lo más importante en la vida. Alice y yo no los creíamos, pero tenían razón. Por eso... –miró alrededor de la cocina donde de pequeña había pasado mucho rato en familia–, por eso aprecio este tranquilo lugar, aunque sé que usted no lo comprenderá.

La idea de tener que despedirse de la casa familiar provocó que se le humedecieran los ojos.

–Hay algo maravilloso acerca de vivir aquí. No necesito la multitud de la ciudad. Aquí es donde pertenezco –y la idea de encontrar un nuevo hogar le parecía tan cuesta arriba que notó un nudo en la garganta. Sus padres lo habían encontrado. Alice también. Así que ella podría encontrarlo.

Theo la miró y se percató de que ella no se pondría a hacer las maletas gracias a una simple conversación. Además, temía que sus padres no se dejaran impresionar por el dinero.

¿Cuándo había sido la última vez que había conocido a alguien que no estaba impresionado por el dinero?

Su madre era una de esas personas y nunca había comprendido su afán por hacer dinero. Él se movía en círculos donde el dinero impresionaba a las personas. Las mujeres que conocía disfrutaban de todo lo que él pudiera comprarles. Él representaba a la riqueza que proporcionaba libertad y abría muchas puertas.

¿Y qué había de malo en ellos?

—Es conmovedor —dijo él con frialdad—. Está claro que los miembros de tu familia no están de acuerdo entre sí, teniendo en cuenta que no están por ningún sitio. Al contrario, todos han escapado a un país diferente.

—¿Sabes qué? —Becky decidió tutearlo en vista de que él había empezado a hacerlo—. A lo mejor piensas que tienes derecho a mirarnos por encima del hombro a los que no compartimos tu mentalidad materialista, pero ¡a mí me da pena la gente que se pasa todo el día trabajando! Siento pena por la gente que nunca tiene tiempo libre para hacer simplemente nada. ¿Alguna vez te relajas? ¿Escuchas música? ¿Miras la televisión? —Becky era consciente de que ella tampoco era la persona feliz que trataba de aparentar.

No había regresado a la casa porque no podía vivir sin espacios abiertos y tranquilidad. Había regresado porque le habían partido el corazón. Y no se había quedado allí porque estaba cautivada por la tranquilidad y la posibilidad de escuchar música, o de ver televisión con los pies en alto. Se había quedado porque había encontrado un trabajo y se sentía apática para continuar con su vida de una forma más dinámica.

No era divertido oír el sonido de las goteras. Ni esperar a que la calefacción se pusiera en marcha. Tampoco saber que, en otro país, su familia sentía lástima por ella y esperaba que reaccionara para poder vender la casa.

–Sí, me relajo –dijo Theo.

–¿Eh? –Becky suspiró y lo miró con una medio sonrisa.

–Entre trabajo y trabajo suelo tomarme un tiempo para relajarme. Resulta que mi forma de relajarme no incluye ver televisión ni escuchar música... Eso sí, puedo asegurarte que es igual de gratificante, aunque un poco más enérgica...

Capítulo 3

Y TÚ qué haces?

—¿Qué quieres decir? —preguntó Becky.

—Para relajarte —Theo se cruzó de piernas—. Quiero decir, está bien matar el tiempo delante de la televisión y reconocer que proporciona calma, pero ¿qué más haces cuando ya te has hartado de tanta tranquilidad?

—Me he criado aquí —fue todo lo que Becky pudo decir.

—La universidad debió suponer un gran cambio para ti —murmuró Theo—. ¿A qué universidad fuiste?

Él percibía que ella se resistía a dar detalles personales y eso hacía que él deseara saber más.

—A Cambridge.

—Impresionante. ¿Y después de ir a una de las mejores universidades del planeta, decidiste regresar aquí y aceptar un trabajo en medio de la nada?

—Ya te dije que no lo entenderías.

—Tienes razón. No lo entiendo. Y todavía no me has contado qué haces para relajarte aquí.

—Apenas tengo tiempo para relajarme —Becky se puso en pie. Le incomodaban sus preguntas.

—Pensé que habías dicho... —la miró con una sonrisa.

–Sí, bueno... –soltó Becky dándole la espalda.

–¿Y cuándo lo haces? –la siguió hasta la encimera donde ella estaba limpiando.

Él le quitó el trapo y la miró.

Becky no tenía ni idea de lo que sucedía. ¿Estaban coqueteando? Se había convencido de que era imposible que aquel hombre pudiera estar interesado en ella, aparte del interés que podía mostrar por el hecho de que ella le dejara pasar allí la noche. Sin embargo, cuando la miraba de esa manera...

De pronto, la mente de Becky volaba en todas direcciones.

Él era repulsivo. Generalizaba y hacía comentarios condescendientes típicos de un hombre rico que pensaba que el dinero era lo único importante.

Era el tipo de hombre para el que ella no tenía tiempo.

No obstante, era tan atractivo que no podía evitar imaginar. Y eso era lo que provocaba que su cuerpo reaccionara ante la mirada de sus ojos grises.

Becky podía imaginar muy bien cómo se relajaba. Él no le había dado detalles, pero ella lo imaginaba desnudo... excitado... centrando toda su atención masculina en una mujer...

–Sin duda debes sentirte muy sola aquí –murmuró Theo–. Por mucho que te guste la paz y la tranquilidad.

–Yo...

Ella pestañeó y separó los labios como para negarlo.

Theo respiró hondo al fijarse en sus labios sensuales. Ella no tenía ni idea de lo atractiva que resultaba la mezcla de recelo e inocencia que transmitía. Deseaba tocarla, aunque sabía que sería un error. No era una de esas mujeres que había perdido la inocencia a los dieciséis. Él estaba seguro de que seguía siendo virgen.

Theo dio un paso atrás y se pasó la mano por el cabello.

Becky estaba temblando. Era como si le hubiera dado un fuerte chispazo y todavía no se hubiera recuperado.

Él había regresado a la mesa, pero ella no podía mirarlo mientras continuaba con la conversación.

Él le preguntó con qué tipo de situaciones se encontraba en el campo... Cuántas personas trabajaban en la consulta. Si siempre había querido ser veterinaria...

No volvió a preguntarle si se sentía sola.

Tampoco por qué se había retirado a vivir en el campo cuando podía trabajar en cualquier parte del país.

Cuando la miraba, ya no era con interés. La felicitó por la comida y le preguntó cómo tenía tiempo para cocinar si trabajaba tantas horas.

Era tan educado que parecía que lo estuvieran obligando a actuar de esa manera. Y ella lo odiaba.

Su llegada había sido lo más emocionante que le había sucedido desde hacía mucho tiempo y había ocurrido justo cuando ella estaba replanteándose su vida. La llamada de su hermana le había provocado muchas emociones. Algunas de ellas desagradables.

También se sentía como si el destino la estuviera retando.

¿Y cómo iba a reaccionar? ¿Huyendo? ¿Retirándose? El verdadero reto llegaría cuando se quedara sin trabajo y vendieran la casa. ¿Qué haría entonces? ¿Cerrar los ojos y confiar en lo mejor?

Se sentía con si hubiese estado a la espera de que apareciera alguien como él y revolviera su vida.

—A veces sí me siento sola —dijo ella, dejando el tenedor y apoyando la barbilla en la palma de la mano para mirarlo. Se aclaró la garganta y continuó—. Estoy ocupada la mayor parte del tiempo y, por supuesto, tengo amigos aquí. Es un sitio pequeño. Todo el mundo se conoce y desde que regresé quedo con amigas que fueron a mi colegio. Está bien, pero... —respiró hondo—. Tienes razón, a veces es un poco solitario...

Theo la miró con los ojos entornados. Había decidido saber más acerca de ella. Eso lo ayudaría a la hora de comprar la casa, pero además sentía curiosidad para descubrir por qué seguía en aquel lugar.

Aprovechado que se lo estaba contando, ¿era buena idea animarla a que lo hiciera?

Ella no era una mujer confiada. Se notaba por su manera de sonrojarse, como si estuviera haciendo algo en contra de su decisión.

—¿Por qué me cuentas todo esto? —preguntó él.

—¿Por qué no?

—Porque llevas resistiéndote a mis preguntas desde que he llegado.

Becky se sonrojó todavía más.

—No te conozco —dijo ella, encogiéndose de hombros—. Y cuando te marches de aquí, no volveré a verte más. No eres mi tipo. No eres la clase de persona con la que me gustaría seguir teniendo una amistad, a pesar de la extraña manera en que nos hemos conocido.

–Eres encantadora... –murmuró él, mirándola a los ojos y arqueando las cejas.

Becky se rio y se relajó al ver que él sonreía.

–Aquí las chicas no tenemos muchas posibilidades de mostrar nuestro encanto –dijo ella–. El ganado no sabe apreciarlo.

–Hay algo más que ganado por aquí, ¿no?

–No mucho –confesó ella. Puso una mueca y miró hacia la copa de vino vacía. Él había llevado la botella a la mesa y la agarró para rellenarle la copa–. He dicho que no estoy de guardia veinticuatro horas los siete días de la semana –se rio ella–. Espero que hoy no me llamen para una emergencia porque puede que acabe con el coche en la cuneta.

–Imagino que nadie espera que salgas con este tiempo –Theo la miró asombrado.

Ella se rio de nuevo y él no pudo evitar sonreír.

–No. Aunque a veces he tenido emergencias cuando nevaba y no he tenido más remedio que subirme al coche y confiar. Las ovejas pueden parir en cualquier momento. No les importa si está nevando o si son las tres de la mañana.

–Así que solo reciben atención las ovejas exigentes...

Theo reparó en que al no haber nadie más ella sería libre como un pájaro si de pronto tuviera que dejar la casa.

Y marcharse a algún lugar donde pudiera haber algo más adecuado para una chica de su edad.

–Supongo que alguien como tú nunca se siente... ¿Inseguro de hacia dónde va o cuál ha de ser el siguiente paso que tiene que dar?

La pregunta lo pilló por sorpresa porque casi nunca alguien traspasaba el límite de lo personal. Durante unos segundos se planteó no contestar, pero ¿por qué no?

Le gustaba su mirada tímida. Era completamente diferente a la mirada de la mujer que le había abierto la puerta. Le gustaba el hecho de que ella se estuviera abriendo a él. Habitualmente no le interesaban las historias que le contaban las mujeres, que de algún modo era la manera de intentar conseguirlo a él. Sin embargo, debía admitir que estaba dispuesto a escuchar la suya.

Ella no quería nada de él y eso resultaba liberador. Incluso le permitía comportarse como él mismo.

Con ciertos límites, por supuesto. Teniendo en cuenta que había elegido ocultarle los verdaderos motivos por los que había ido hasta allí.

–No –contestó él–. Todo lo hago para saber dónde voy y, desde luego, nunca me he equivocado en lo que se refiere al futuro.

–¿Nunca? –Becky se rio con inseguridad. Él era abrumador, y estaba completamente seguro de sí mismo. Eran rasgos que no debían haber llamado su atención, pero que en él resultaban seductores y sexis–. ¿Nunca te ha pasado nada que no fueras capaz de controlar?

Theo frunció el ceño. Por la ventana de la cocina observó la tormenta de nieve bajo la luz de la bombilla.

El interior de la casa era un lugar cálido y apacible. Hacía tiempo que no se sentía tan relajado y recordaba por qué había estado estresado durante los últimos meses. No tenía nada que ver con el trabajo. El estrés laboral era algo que disfrutaba, algo que necesitaba para sobrevivir, del mismo modo que una planta necesita agua o sol. Había estado estresado por su madre. Y esa era la primera vez que podía pensar en ella sin que se le formara un nudo en la garganta.

–Mi madre ha estado enferma –dijo de pronto–. Tuvo un derrame. De repente. Nadie sabía que le iba a pasar. Sí, eso puede considerarse algo que ha sucedido fuera de mi control.

Becky deseó apretarle la mano porque él parecía incómodo con la confesión. Ella no estaba acostumbrada a abrir su corazón, y era evidente que él tampoco. Claro que de eso ya se había percatado durante los primeros cinco minutos en su compañía.

–Lo siento. ¿Cómo se encuentra? ¿Qué tal lo lleva tu padre? ¿Y el resto de tu familia? A veces es casi más duro para los familiares.

Theo se preguntaba cómo había terminado así, con una desconocida inclinada hacia él y mostrando empatía por su situación.

–Estoy yo solo –dijo él–. Mi padre murió hace mucho tiempo y soy hijo único.

–Eso es duro –comentó Becky.

–¿Te doy pena? –preguntó él con una sonrisa.

Ella deseaba mirar hacia otro lado, pero no podía y él se alegró porque era parte del juego.

Estaba en territorio conocido. Cuando se trataba de sexo, Theo jugaba en casa, y aquello tenía que ver con el sexo. ¿Para qué andarse con rodeos? Ella lo deseaba y el sentimiento era mutuo. Él no comprendía por qué le resultaba tan atractiva. No era su tipo de mujer, pero quizá fuera el hecho de que por una vez no se sentía presionado. Ni siquiera estaba seguro de que ella aceptara su mano si él se la ofrecía y de si permitiría que la llevara hasta su dormitorio.

La incertidumbre aumenta la emoción de conseguir aquel objetivo. Algo que todavía no había decidido si hacer o no.

Aunque ella le parecía tremendamente sexy.

Se preguntaba qué aspecto tendría sin ropa.

—Por supuesto que me das pena —dijo Becky con sinceridad—. Yo me quedaría destrozada si le pasara algo a mi familia —Becky lo observó mientras se levantaba de la silla y notó que su corazón se aceleraba al ver que él se colocaba a su lado.

Deseaba tocarlo. Y que él la tocara. No se sentía ni una pizca amenazada por aquel hombre alto y poderoso que la dominaba físicamente con su presencia.

Se sentía femenina...

Era un sentimiento desconocido porque siempre había considerado que carecía de feminidad.

—¿Cuánta pena? —murmuró Theo. La excitación corría por sus venas y provocaba que actuara de forma inesperada. Deseaba agarrar a Becky y arrancarle la ropa. Algo que no era su modo de proceder habitual. Ella estaba allí, mordiéndose el labio inferior y negándose a ceder ante la atracción que se había creado entre ellos.

—Yo... —comentó Becky—. ¿Qué pasa aquí?

—¿Disculpa? —preguntó Theo.

—No estoy segura de comprender lo que está pasando...

—¿Qué crees que está pasando? Somos dos adultos que se sienten atraídos el uno por el otro y yo te estoy tirando los trastos...

—¿Por qué?

Theo se enderezó, se apoyó en el borde de la mesa y sonrió.

—Esto es nuevo para mí.

—¿El qué? —Becky lo miró asombrada. Estaba tan excitada que apenas podía hablar y no podía creer lo que estaba sucediendo. Ese tipo de cosas nunca le pasaban a ella. Siempre había sido un ratón de biblioteca que atraía a otros ratones. Los hombres como Theo no se fijaban en chicas como ella. Buscaban mujeres rubias con vestidos ajustados que batían las pestañas a menudo y sabían qué hacer con respecto al sexo.

¿Qué sabía ella sobre sexo? Estaba muy nerviosa, pero la promesa silenciosa que Theo le hacía con la mirada era demasiado emocionante como para sufrir un ataque de nervios.

Quería que sucediera aquello.

—No importa —dijo ella. En el fondo necesitaba asegurarse de que aquello era algo más que sexo, pero no lo era. Y eso formaba parte de su atractivo.

—Mírame, Becky.

Ella lo miró y esperó.

—Si tienes dudas, dímelo para que ambos podamos salir de esta situación.

Becky negó con la cabeza y sonrió. Theo asintió.

—Y Becky... —se inclinó hacia ella—. Hay algo que debo decirte para que no haya malos entendidos. No inviertas tiempo conmigo y no pienses que este va a ser el principio de algo más grande. No. Yo no man-

tengo relaciones serias y, aunque lo hiciera, pertene-
cemos a mundos diferentes...

Él no mantenía relaciones serias y, aunque lo hiciera, pertenecían a mundos diferentes...

Theo no se andaba con rodeos. Aquella sería una
aventura de una noche. Ella iba a entregarle la virginidad a alguien que le había dejado claro que no había nada más entre ellos que atracción física. Lo
único a lo que ella nunca le había dado importancia.
No obstante, estaba deseando hacerlo. Su virginidad
le resultaba una carga y quería librarse de ella cuanto
antes.

—Mensaje recibido y comprendido —murmuró
Becky, sonrojándose—. Tú tampoco perteneces a mi
círculo y, aunque yo sí que mantengo relaciones serias, no lo haría con alguien como tú. Así que estamos igual —estaba nerviosa por lo que sucedería después. ¿Debía decirle que era virgen? No. Quizá no se
diera cuenta, y no quería que se asustara y se echara
atrás.

—Te he deseado desde el primer momento en que
te vi —confesó Theo.

—¿Aunque pertenezco a otro mundo? —alzó la barbilla y lo miró.

—Tú has dicho lo mismo de mí —contestó él.

—No comprendo por qué me resultas atractivo
—murmuró ella.

Theo se rio.

—Hagas lo que hagas, no hieras mi orgullo.

Sus miradas se cruzaron y ella percibió afinidad
con él. Aquel extraño era tan poderoso que, al mirarlo, se le cortaba la respiración. Era como si estu-

vieran en el mismo punto, pensando como si fueran uno y entremezclados como si estuvieran hechos el uno para el otro.

Temblando, lo miró.

Muy excitado, Theo la miró también y vio que se levantaba.

–Todavía no –murmuró. Se colocó frente a ella, se arrodilló y le separó las piernas.

Becky contuvo la respiración al sentir sus manos en la parte interna de los muslos. Después suspiró. No estaba desnuda, pero por la manera en que él la sujetaba y por cómo se había colocado entre sus piernas, se sentía expuesta.

Echó la cabeza hacia atrás y cerró los ojos. Notó que él metía los dedos bajo la cinturilla de sus pantalones y que le desabrochaba el botón y la cremallera.

Becky notaba que su corazón latía con fuerza, y se retorció cuando él comenzó a bajarle los pantalones.

Aquello era surrealista. La chica que siempre había pensado que entregaría su virginidad al mismo hombre al que entregaría su corazón, estaba a punto de tener relaciones sexuales con un hombre que estaba de paso. La chica que siempre había pensado que se daría cuenta de cuándo había encontrado el amor, estaba deslumbrada por un potente deseo.

Al sentir frío en las piernas, abrió los ojos y acarició el cabello de Theo. Él la miró y sus miradas se encontraron.

–¿Estás disfrutando? –preguntó él.

Becky asintió.

–Entonces, ¿por qué no me lo dices?

–¡No puedo!

–Claro que puedes. Y también puedes decirme qué quieres que haga... –todavía tenía la ropa interior cerca y él podía percibir su aroma corporal. También veía la humedad del deseo contra la tela rosa de algodón. Él no le retiró la prenda, simplemente la echó a un lado y sopló con suavidad sobre su pubis.

–¿Qué quieres que haga después?

–Theo... –Becky lo llamó con voz entrecortada.

–Dime –dijo él–. ¿Quieres que te acaricie con la lengua? ¿Quieres ver cómo jugueteo con ella?

–Sí –susurró Becky.

–Entonces dame instrucciones –su timidez lo excitaba todavía más. No estaba acostumbrado.

Necesitaba quitarse la ropa. Rápido. La camisa, los pantalones y los calzoncillos. Ella lo miraba con los ojos muy abiertos.

–Acaríciame con la lengua... –solo decirlo provocó que se excitara aún más–. Estoy muy húmeda...

Nunca había imaginado algo así. Aquello superaba todas las fantasías que había tenido. Para ella, hacer el amor consistía en besarse y poco más. Él era perfecto. Muy masculino.

Theo le retiró la ropa interior, consciente de que necesitaría hacer un gran esfuerzo para poder controlarse e ir despacio. Ella estaba muy húmeda y él comenzó a juguetear con el centro de su feminidad hasta que notó que se ponía tenso.

Becky estaba ardiente. Theo introdujo dos dedos en su cuerpo y ella se estremeció. Le sujetó la cabeza contra su pecho y le dijo:

–Penétrame –le suplicó.

–Todo a su tiempo –contestó Theo. Apenas reconocía su voz.

Con la cabeza entre las piernas de Becky, succionó sobre su sexo y notó que ella arqueaba el cuerpo y se tensaba antes de llegar al orgasmo.

Se separó de ella y observó cómo se estremecía una y otra vez con el rostro sonrojado.

–Acaríciame –le ordenó, colocándose sobre sus piernas.

Becky tomó su miembro en la mano. Nunca había sentido algo igual. Todas las dudas que le habían surgido cuando había pensado en hacer el amor con un hombre por primera vez desaparecieron al instante.

Era maravilloso.

Theo hacía que se sintiera especial, y que le resultara natural abrirse a él de forma íntima.

Le acarició el miembro con la lengua con timidez y, al ver que él arqueaba el cuerpo y suspiraba, se excitó todavía más.

Se dejó llevar por el instinto e incluso percibió cuando Theo estaba a punto de llegar al orgasmo. También supo que así no era cómo él había planeado la situación.

Mirándola, Theo no podía creer que hubiera perdido el control de tal manera que no pudiera retrasar el orgasmo. La manera en que lo acariciaba con la boca era tremendamente erótica, igual que el temblor de los dedos con los que le sujetaba el miembro.

Tratando de no llegar al clímax de esa manera, se retiró. Por un segundo pensó que había tenido éxito, que podría controlarse durante el tiempo necesario para llegar con ella al piso de arriba. Estaba equivocado. No podía controlar lo que deseaba que sucediera desde que ella lo había mirado con sus ojos color turquesa y él supo que terminarían en la cama.

Para Becky, aquello resultaba satisfactorio porque era la prueba de que él había perdido el control igual que ella.

Observar cómo llegaba al clímax sobre ella le produjo una gran excitación.

–¿Puedes creerte que esto no me ha pasado en la vida? –Theo seguía jadeando–. Voy a llevarte arriba antes de que suceda de nuevo –la tomó en brazos y la llevó escaleras arriba. Le parecía tan ligera como una pluma. Tenía el cabello por todos sitios, las mejillas sonrosadas y los ojos llenos de deseo.

La luz de la luna entraba por la ventana y seguía nevando.

Theo la dejó sobre la cama y la miró. Su cabello oscuro extendido sobre las almohadas y su cuerpo de tez pálido eran como una obra de arte. Tenía los senos grandes y los pezones rosados.

Él iba a tomarse su tiempo.

Había actuado como un adolescente y no pensaba volver a hacerlo. Todavía no comprendía cómo había podido suceder.

Se colocó sobre ella y le sujetó las manos a los lados del cuerpo.

–Esta vez voy a tomarme un tiempo para disfrutar de ti... –comenzó con sus senos y continuó besándola en los hombros y el cuello. Después colocó la boca sobre uno de sus pezones y permaneció allí, jugueteando y succionando sobre él.

Becky gimió y se retorció. Separó las piernas y rodeó a Theo por la cintura, desesperada por sentir su miembro erecto sobre el cuerpo. Él no se lo permitió y la colocó plana sobre la cama otra vez, mientras seguía atormentándola con la boca sobre los pechos.

Con una mano le acarició la entrepierna con suavidad. Y no durante mucho tiempo.

Necesitaba algo más que los preliminares. Necesitaba penetrarla y sentir toda su humedad alrededor del miembro.

–Tengo la cartera en mi dormitorio –susurró él–. Necesito ir a buscar un preservativo. No te vayas...

¿Adónde podía ir? Esperó a que volviera y, durante ese tiempo, pensó si debía contarle la verdad y decirle que era virgen.

Él no dejó de mirarla mientras se colocaba el preservativo y ella notó un nudo en el estómago.

Theo se colocó entre sus piernas y presionó sobre su miembro con delicadeza. No quería hacerlo deprisa. Iba a tomarse su tiempo y a disfrutar de ella cada segundo. La notó un poco tensa, pero estaba tan excitado que apenas podía pensar. Desde luego, no notó nada en su forma de reaccionar hasta que la penetró y comenzó a moverse más deprisa de lo que tenía planeado.

Oyó que ella se quejaba y se quedó quieto.

–Soy muy grande... dime si te estoy haciendo daño porque te noto muy tensa... –la penetró de nuevo y entonces lo comprendió.

Su timidez, la manera en que parecía que todo lo hacía por primera vez, el gesto de dolor...

–Maldita seas, Becky... ¿no me digas que eres virgen?

–Poséeme, Theo. Por favor, no pares.

Él debería haberse retirado, pero no pudo. Una mujer virgen. Su cuerpo se incendió con solo pensar en ello. Nunca había deseado tanto a una mujer. Era como si se hubiera convertido en un hombre de las cavernas, y el hecho de que ella fuera virgen resultaba todavía más primitivo.

Sus cuerpos estaban empapados de sudor. Theo la penetró con fuerza y ella comenzó a moverse a su ritmo y lo rodeó por la cintura con las piernas. Becky llegó al clímax antes que él, proporcionándole una sensación indescriptible, mientras gemía y le acariciaba el cabello.

–Deberías habérmelo dicho –él se retiró el preservativo, consciente de que debería sentirse mucho más alarmado por haberse acostado con una mujer virgen. Y él que pensaba que igual se había ido a vivir al campo huyendo de la relación con un hombre casado...

Él había sido su primer hombre.

Nunca se había sentido tan excitado.

–No hay ninguna diferencia –contestó ella–. Como ya te he dicho, Theo, esto no es el principio de nada para mí. Una noche y después cada uno seguirá con su vida para siempre... –le acarició el pezón. ¿Y por qué le resultaba doloroso decir aquello?

–En ese caso... –Theo no estaba dispuesto a cuestionarse si había hecho lo correcto–. Aprovechemos la noche al máximo...

Capítulo 4

THEO atravesó la cocina de su ático de cuatro habitaciones e ignoró la comida que le había preparado el cocinero.

Se dirigió al armario, sacó un vaso y se sirvió un whisky.

Lo necesitaba.

Su madre, que estaba en Italia todavía, había vuelto a ingresar en el hospital.

—Una caída —le había dicho su tía Flora por teléfono una hora antes—. Iba de camino a beber algo y se tropezó. Ya sabes cómo son esas baldosas, Theo, pueden ser muy resbaladizas. Y le he dicho a tu madre miles de veces que no se ponga esas zapatillas de andar por casa. Esas zapatillas están hechas para casas con suelos de moqueta. ¡Y no de baldosa!

—¿De camino a beber algo? —Theo había percibido el tono de su tía y sabía que su madre no había ido por un zumo ni a prepararse una taza de té.

—Ha estado un poco deprimida —había admitido Flora—. Ya sabes cómo es, Theo. Le gusta estar aquí, pero el hecho de verme con mis nietos... ¡No puedo esconderlos! No puedo meterlos en un armario solo porque a mi hermana le resulte doloroso.

Theo había apretado los dientes y continuado con la conversación hasta descubrir que la depresión tenía algo que ver con el alcohol. Su madre se había acostumbrado a tomarse un par de copas antes de cenar y, al parecer, había extendido la costumbre a otras horas del día también.

–¿Y cómo no me lo has contado antes? –le había preguntado a Flora.

Su tía le había dicho que, puesto que no compartía casa con ella, no se había percatado de la situación hasta la caída.

–Saldrá del hospital dentro de una semana. No quiere regresar a Londres. Dice que allí no tiene nada. Ella disfruta de mis nietos, Theo, aunque le resulte doloroso saber que ...

No hizo falta que su tía terminase la frase.

Casarse y tener montones de hijos era lo típico en Italia.

Salir con montones de mujeres y permanecer soltero y sin hijos, no.

No obstante, debía hacer algo...

Miró el ordenador que había dejado sobre una mesa y, por unos instantes, dejó de pensar en su madre y volvió a pensar en lo que ocupaba su mente desde hacía un par de semanas.

Becky.

Ni siquiera había podido concentrarse en el trabajo. Lo que iba a ser una única noche se había convertido en tres, porque no había dejado de nevar y se habían quedado atrapados como en una burbuja, donde durante ese tiempo, él había sido una persona diferente.

Theo había dejado de ser un hombre a cargo de su imperio. Y de ser el responsable de aquellas personas que dependían de él para vivir. No había tenido que lidiar con mujeres que trataban de llamar su atención de un modo u otro. Y puesto que tampoco tenía buena cobertura no había tenido que atender el teléfono. Después de informar a su secretaria, incluso lo había apagado.

Había cambiado de personalidad igual que había cambiado de pantalones.

Durante esos días había cortado madera, había tratado de limpiar la nieve y de arreglar cosas de la casa.

Por supuesto, también se había fijado en todo lo que estaba deteriorado. Mirara donde mirara, había algo que necesitaba repararse.

Sabía que si jugaba bien sus cartas podría comprar el lugar por un bajo precio. Ni siquiera tendría que contar con ella. Había averiguado dónde vivían los padres de Becky y en qué trabajaban. Podría regresar a Londres, llamarlos y hacerles una oferta que no pudieran rechazar. A juzgar por el estado de la casa, no tendría que ser una oferta muy alta.

No obstante, eso ni siquiera se le ocurrió. Cuando Becky le había preguntado para qué había ido a los Cotswolds, él le había mentido y, como pasaba con todas las mentiras, no había sido capaz de desconectar del tema.

Quizá se había engañado al pensar que cuando regresara a Londres su carácter despiadado suplantaría al de la persona en que se había convertido mientras había estado viviendo con ella. No había sido así y se había pasado dos semanas preguntándose cuál debería ser el siguiente paso.

Y peor todavía, preguntándose por qué no podía dejar de pensar en ella. En su cuerpo cálido y de piel suave. En su manera de reír, en su mirada tímida, incluso después de haberse acariciado todo el cuerpo. Ella lo perseguía en sueños y mermaba su capacidad de concentración, pero él sabía que no tenía sentido descolgar el teléfono y llamarla porque lo que habían compartido no podía ser duradero.

Ambos lo habían reconocido.

Ella se había reído cuando él se había detenido junto a la puerta, vestido con su traje elegante, algo completamente inadecuado para el tiempo que hacía.

–¿Quién eres? –había bromeado ella–. ¡No reconozco a la persona que tengo delante!

–Ha sido divertido –había contestado él.

Ella seguía siendo la veterinaria rural, vestida con ropa de abrigo y dispuesta a marcharse a la clínica donde trabajaba. Él no podía trasladarla a su mundo, pero tampoco podía quedarse allí cortando madera.

No obstante, en el momento de la despedida había sentido algo intenso en el interior. Algo que lo había pillado desprevenido.

Theo miró a su alrededor, contemplando el ático que se había comprado tres años antes. Desde entonces se había cuadruplicado el precio. Estaba situado en un edificio de cristal y ladrillo rojo. Austero por fuera, pero muy moderno por dentro.

Se preguntaba si Becky podría encajar allí. No mucho... Y si podría encajar en su estilo de vida.

Tampoco... Él se movía en un círculo donde las mujeres eran modelos en brazos de hombres ricos, o mujeres mayores adineradas.

Todas lucían oro y diamantes, tenían chófer o conducían deportivos.

Sin embargo, a su madre le gustaría. Era el tipo de mujer sobre las que su madre daba su aprobación. Incluso tenía algo de italiano en su aspecto, con su cabello largo y oscuro y su marcada silueta.

Su madre le daría su aprobación así que...

Por primera vez desde que había regresado a Londres, Theo sintió que podría aligerar la carga que pesaba sobre sus hombros.

De pronto, Theo se percató de que había estado contemplando la situación desde un ángulo equivocado.

Debería haberse dado cuenta de que había un único motivo por el que no había podido olvidarse de Becky. Ella representaba un asunto no finalizado. El momento de poner fin a su relación sexual no se había producido de manera natural, y por eso él se sentía atrapado y no dejaba de pensar en la posibilidad de hacerle el amor.

Contactaría con ella y volvería a verla. Además, la llevaría a Italia a ver a su madre. Ella sería como un bálsamo para su madre, que al menos vería que su hijo tenía posibilidades de salir con una mujer apropiada.

Cuando su madre estuviera completamente recuperada, él le daría la noticia de que se había separado de Becky, pero para entonces Marita Rushing se habría recuperado.

Y tendría la casa que deseaba. ¿Becky aceptaría hablar con sus padres para que se la vendieran a él? Sí. Lo haría, porque económicamente tenía sentido y él se veía completamente capaz de convencerla de que así era. La casa se estaba cayendo.

¿Y aceptaría participar en el juego en beneficio de la salud de su madre? Sí, lo haría, porque era una mujer empática que se preocupaba por los demás. Él había visto cómo se le humedecían los ojos al hablar de algunos animales a los que había tratado.

Los hilos sueltos de todo aquello comenzaban a cobrar forma.

Y él se sentía mejor. Le gustaba avanzar para tratar de resolver la situación con su madre y estaba encantado con la idea de volver a ver a Becky.

Desbloqueó el teléfono y marcó...

Becky oyó el timbre del teléfono justo cuando estaba a punto de meterse en la cama. No podía creer que tuviera tan mala suerte. Había tenido dos emergencias durante las noches anteriores y necesitaba descansar.

Al mirar la pantalla y ver el número, se le aceleró el corazón.

Él tenía su número porque ella se lo había dado el último día. Las carreteras seguían resbaladizas por la nieve y a ella le preocupaba que no pudiera llegar a Londres.

–Te llamaré si acabo en la cuneta –le había dicho él mientras apuntaba su número.

Él no le había dado el suyo y eso le dolió. A pesar

de que ella sabía que lo que habían compartido terminaría cuando la nieve desapareciera.

Se preguntaba cómo era posible que él la hubiera afectado de esa manera. ¿Era porque había aparecido en un momento especialmente vulnerable? ¿Cuando su trabajo estaba a punto de desaparecer y su hermana estaba a punto de tener un bebé? ¿O era porque llevaba demasiado tiempo sin recibir la atención de un hombre? O quizá no era por ninguna de esas cosas.

Quizá no había tenido otra oportunidad porque él era tan atractivo y sexy que ella no había sabido combatir su impacto.

Y siempre que se pillaba pensando en él, se preguntaba con qué mujeres estaría saliendo entonces. ¡Ni siquiera le había preguntado si tenía novia! Le había parecido un chico de los que no eran infieles, pero podía haberse equivocado.

Él podía haber regresado a Londres en su deportivo y retomado su vida con una modelo guapísima.

En realidad, Becky no esperaba que él volviera a ponerse en contacto con ella.

–¿Diga?

Theo oyó su voz dubitativa y enseguida supo que había hecho lo correcto al llamarla. Dos semanas antes, cuando se marchó de su casa, se había convencido de que había hecho bien en marcharse porque, puesto que era virgen, se estaría alejando de un problema potencial. Ella le había restado importancia al hecho de que él hubiera sido su primer hombre.

–No eres el hombre adecuado para mí –le había dicho ella–, pero si seguía esperando al hombre perfecto podría haberme pasado la vida esperando.

–En otras palabras ¡me estás utilizando! –había dicho él riéndose.

–¿Te he hecho daño? –había bromeado ella.

–Sobreviviré...

Y ella no había mentido. No había tratado de retenerlo cuando llegó la hora de separarse. Ni siquiera le había preguntado si la echaría de menos. Tampoco se le habían humedecido los ojos, ni le habían temblado los labios, y no lo había agarrado por la solapa del abrigo para darle un último beso. Ella había sonreído, le había dicho adiós y había cerrado la puerta antes de que él hubiera arrancado el coche.

Quizá él había sido el primero, pero desde luego no iba a ser el último. Quizá ese era otro de los motivos por los que no había conseguido quitársela de la cabeza. Lo habían rechazado, y eso no le había sucedido en la vida. Tan simple como eso.

–Becky...

Al oír su voz, a Becky se le erizó el vello de la nuca. Intentó no sentir nada, pero la curiosidad era mayor. ¿La había echado de menos? ¿Había estado pensando en ella a cada minuto, tal y como le había pasado a ella?

–¿Cómo estás?

–He estado mejor –dijo Theo, decidiendo ir al grano–. Becky, podría andarme con rodeos, pero lo cierto es que te llamo para pedirte un favor. Sería mucho mejor pedírtelo cara a cara, pero me temo que el tiempo es fundamental. No tengo tiempo suficiente para camelarte.

–¿Un favor? –por supuesto, no la había llamado

porque la echara de menos. Becky se sintió un poco decepcionada.

–¿Recuerdas que te hablé de mi madre? Al parecer... –suspiró–. Quizá sería mejor hablar de esto en persona. Sé que es mucho pedir, Becky, pero tengo un problema con mi madre... Un problema que no parece tener fácil solución –se puso en pie y empezó a caminar de un lado a otro–. Te necesito, Becky –añadió.

–¿Para qué me necesitas?

–Necesito que vengas a Londres para hablar contigo en persona. Puedo enviarte a mi chófer.

–¿Estás loco, Theo? No sé qué pasa con tu madre. Lo siento si tienes problemas, pero no puedes llamarme de pronto y pretender que haga lo que pides.

–Comprendo que lo que tuvimos fue... Mira, sé que cuando cerraste la puerta no esperabas que volviera a ponerme en contacto contigo –a Theo le costaba creer que fuera así. Las mujeres siempre estaban deseando contactar con él y él siempre trataba de evitarlas.

Hizo una pausa y esperó para ver si ella contradecía lo que le había dicho. No lo hizo.

–Tienes razón... No lo esperaba, Y no veo cómo puedo hacerte un favor con respecto a tu madre. Ni siquiera la conozco.

–Se ha caído –soltó Theo–. Acabo de colgar con mi tía. Al parecer... –hizo una pausa para tratar de asimilar que estaba a punto de contar una situación muy personal.

–Al parecer ¿qué? –Becky sintió cierta vulnerabilidad en su voz. Él era tan fuerte y tan orgulloso que cualquier tipo de confesión personal le parecería un gesto de debilidad.

–Ha estado deprimida. La recuperación física que todos esperábamos ha sido un éxito, pero...

Ella lo imaginó tratando de encontrar las palabras adecuadas. Tenía la sensación de que lo conocía bien, y se preguntó cómo era posible, teniendo en cuenta que solo habían pasado tres días juntos. Conocer a alguien requería mucho tiempo. Había necesitado dos años para sentir que conocía a Freddy, y de pronto se había dado cuenta de que no lo conocía nada, así que la sensación que tenía hacia Theo no podía ser real.

–Se ha caído porque ha estado bebiendo –dijo Theo de pronto.

–¿Bebiendo?

–Nadie sabe cuánto tiempo lleva bebiendo, pero ha llegado un punto en el que también bebe durante el día y... Un peligro para sí misma. No quiero imaginar lo que habría sucedido si hubiese estado detrás de un volante...

–Siento tener que oír eso –dijo Becky–. Debes estar muy preocupado...

–Por eso te he llamado. Si el problema de mi madre tiene que ver con el alcohol, es evidente que sufre una depresión. Antes de que se marchara a Italia ya lo parecía... –suspiró–. Quizá debería haber insistido en que fuera a terapia, pero pensaba que solo era porque había tenido un derrame.

–Es comprensible, Theo –lo consoló Becky–. No me culparía por ello. Además, no hay nada que puedas hacer. ¿No eras tú el que me decía que era muy importante vivir el presente porque el pasado no podía cambiarse?

–¿Yo te dije eso?

–Mientras comíamos el guiso de atún que odiabas tanto.

–Ah, sí. Ya recuerdo...

Becky sintió una ola de calor. Theo había bajado el tono de voz y ella sabía muy bien lo que estaba pensando.

Él había dejado el plato de atún a un lado, la había acercado hacia él y habían hecho el amor en la cocina.

La había colocado sobre la mesa, con las piernas colgando. Después le había acariciado el sexo con la lengua hasta que ella le suplicó, entre gemidos, que parara y que la poseyera. Y eso hizo él, la poseyó con tanta fuerza que le provocó un orgasmo interminable y que la dejó temblando.

–Bueno –se apresuró a contestar ella–, no podías haberlo anticipado. En cualquier caso, estoy segura de que todo irá bien cuando la traigas a Londres de nuevo. Allí podrás cuidar de ella. O incluso puedes contratar a alguien...

Becky se preguntaba si ese sería el favor que le iba a pedir. Quizá como ella le había contado que la clínica iba a cerrar, él había pensado que ella tendría mucho tiempo libre.

–Mi madre se niega a volver a Londres.

–Sí, bueno...

–Según dice, no tiene ningún motivo para volver...

–Todavía no comprendo para qué me has llamado,

Theo. No veo cómo puedo ayudarte. Quizá deberías...

–Necesita algo por lo que vivir.

–Sí, pero...

–Mi madre es una mujer al estilo antiguo. Quiere lo que tiene su hermana. Es decir, una nuera.

–Entonces, deberías casarte. Estoy segura de que habrá cientos de mujeres dispuestas a acompañarte al altar.

–Pero solo una encaja. Y eres tú.

Becky soltó una carcajada.

–¿Me has llamado para pedirme que me case contigo porque tu madre está deprimida?

Theo apretó los labios. Él no le había pedido que se casara con él. Quería mucho a su madre, pero estaba dispuesto a complacerla solo hasta cierto punto. Y si se lo hubiera pedido, aquella risa histérica no se correspondía con la respuesta esperada.

–Te estoy pidiendo que me acompañes para fingir un falso compromiso. Una farsa inofensiva que haría maravillas con mi madre. Iremos a Italia, será como unas vacaciones pagadas para ti... Tú sonríes mucho y después nos marchamos. Mi madre estará encantada. Tendrá algo por lo que vivir. Se le pasará la depresión.

–Hasta que descubra que todo ha sido mentira y que no habrá ninguna boda.

–Para entonces igual se han conseguido dos cosas. Ya no estará tan deprimida como para depender del alcohol para sentiré bien, y se dará cuenta de que soy capaz de tener una relación con una mujer que no es una modelo.

–Deja que lo entienda –dijo Becky con frialdad–. Soy la adecuada para esta farsa porque tengo cerebro y porque no soy alta, rubia y guapa. Soy una chica normal con un trabajo normal y, por eso, le caeré bien a tu madre. ¿No es eso?

–No eres exactamente lo que yo llamaría normal –murmuró Theo.

–No –estaba temblando de rabia. Y de dolor.

–¿Por qué no?

–¿Por qué crees, Theo? Porque no me gusta engañar a la gente. Porque tengo ciertos valores...

–También estás a punto de quedarte sin trabajo –dijo él–. Por no mencionar que vives en una casa que se está cayendo a pedazos.

–¿Adónde quieres llegar?

–Podría ayudarte a montar una clínica propia. Dime el lugar y te financiaré el espacio y la publicidad. De hecho, puedo hacer algo más... Te enviaré a mi equipo. Y me ocuparé de arreglar todas las cosas de casa que...

–¿Estás tratando de comprarme para que haga lo que tú quieres?

–No, no trato de comprarte –dijo él–. Es una transacción económica sin más. Tú me das lo que quiero y yo te doy a cambio muchas cosas. Becky, aparte de eso... –bajó el tono de voz–. Te estoy pidiendo que hagas esto por mí desde lo más profundo de mi corazón. Por favor. Me dijiste que querías a tus padres. Ponte en mi lugar... Solo quiero que mi madre recupere su fortaleza.

–No está bien, Theo.

Él oyó que dudaba un instante y suspiró aliviado.

    –Te estoy suplicando –le dijo muy serio–. Y te aseguro que suplicar es algo que nunca hago.

    Becky cerró los ojos con fuerza y respiró hondo.

    –De acuerdo. Lo haré, pero con una condición...

    –Dímela.

    –Nada de sexo. Quieres una mera transacción económica, pues eso es lo que tendrás.

Capítulo 5

BECKY se había preguntado si le darían una quincena libre. Se la merecía, puesto que había trabajado sin cobrar muchas horas durante los pasados meses, pero no le gustaba dejar a nadie en la estacada.

Por un lado, deseaba que le dijeran que no podía marcharse porque nada más aceptar el plan que le había propuesto Theo, había empezado a ver los agujeros que tenía. Sin embargo, su petición había sido satisfecha con amabilidad y eso provocó que se diera cuenta de lo mucho que echaría de menos trabajar para la pequeña clínica.

–Puedes entrar y salir cuando quieras hasta que la clínica cierre –le había dicho Norman–. No debe ser muy agradable para ti seguir trabajando aquí, cuando sabes que vamos a cerrar y que pronto dejarás de ver a tus pacientes. Además, has de empezar a pensar en tu próximo trabajo, y no te preocupes Rebecca, tendrás muy buenas referencias por mi parte.

–Lo mejor es que llegues a Londres cuanto antes –le había dicho Theo en cuanto ella dijo que aceptaba el plan.

Becky le había comentado que necesitaba solucionar unas cosas en el trabajo y en la casa antes de marcharse dos semanas.

–¿Qué cosas? –le había preguntado él.

Ella percibía su impaciencia desde el otro lado de la línea. Después, la había llamado varias veces durante los dos días que le había pedido para recoger sus cosas, revisar la casa para evitar problemas de última hora y anotar todo lo necesario para el tratamiento de algunos animales que estaban a su cuidado.

Arrepentida de la decisión que había tomado, Becky lo bombardeó con preguntas sobre su madre.

Le repetía una y otra vez que aquello era una locura. Él la escuchaba en silencio y actuaba como si ella no hubiera dicho nada, pero sí le había contado los problemas de salud de Marita Rushing. Únicamente se cerraba en banda cuando ella intentaba obtener información sobre su vida previa al derrame, de su vida antes de empezar a preocuparse por si su hijo nunca se casaba y nunca le daba los nietos que tanto deseaba.

–No es importante –él esquivaba el tema siempre que ella mostraba curiosidad.

–No se creerá que tenemos una relación –le dijo Becky la noche antes de marcharse a Londres.

Desde que ella había dejado claro las normas de *cero sexo*, él había permanecido en silencio sobre ese tema. No se había quejado y ella pensaba que probablemente se alegraba de que ella le ahorrara la necesidad de intentar que resurgiera una atracción que no había durado más allá del tiempo que habían compartido.

Aunque le resultaba doloroso, también le parecía que simplificaba las cosas. Ellos ya habían compartido una aventura amorosa y lo que venía era otra cosa. Era su manera de hacer lo posible por intentar que su madre se recuperara.

En cierto modo, su generosidad era como aceptar un trabajo bien pagado, y eso la ayudaría a distanciarse de la mezcla de emociones que todavía tenía hacia él.

—La gente siempre cree lo que quiere creer, pero hablaremos de ello cuando vengas —dijo él.

Él había insistido en enviarle un chófer, así que, sentada en la parte de atrás de un Range Rover, empezaron a surgirle dudas.

Becky sabía que él no iba a ser como ella lo recordaba. El hecho de haberse quedado atrapados en la casa por la nevada había contribuido a que ella convirtiera la breve aventura en una relación romántica imposible.

Y el hecho de que fueran completamente inadecuados el uno para el otro lo había hecho todavía más emocionante. Era como poner a la niña buena en compañía del chico malo que había llegado en moto a la ciudad. Daba igual si surgía la atracción entre ellos, al final saldría mal porque era una relación irreal.

Cuando llegara a Londres, Becky se encontraría con la realidad y conocería a Theo tal y como era de verdad. No sería el extraño alto y sexy que había aparecido en su vida, sino un ejecutivo atractivo de traje, corbata y maletín.

Theo tendría cara de preocupación y arrugas en

las que ella no había reparado porque se había dejado llevar por la novedad y la aventura.

Él no había mentido sobre su riqueza. No había alardeado, pero tampoco había intentado ocultarla.

No obstante, la calle de tres carriles con coches de lujo aparcados en los lados hablaba por sí sola. Era una calle cortada y al final había un gran edificio. Estaba vallado y había un guarda en la entrada. Eso indicaba qué clase de personas vivían en él. Al ver que el coche entraba directamente a un aparcamiento subterráneo, Becky se quedó boquiabierta.

Becky se cerró el abrigo y pensó en las dos maletas viejas que había llevado con ella. Confiaba en que nadie la viera hasta que llegara al apartamento de Theo porque estaba convencida de que la echarían de allí.

Theo había aparecido en su vida y se había quitado la ropa de ciudad para ponerse la ropa vieja de su padre. Al momento, parecía como si hubiera pasado toda la vida en aquella casa, en medio de la nada.

No obstante, Becky no sería capaz de encajar en su vida con la misma facilidad que él había encajado en la suya.

–Le mostraré dónde está el ascensor –comentó el chófer.

Becky asintió y, en silencio, lo acompañó hasta un recibidor donde había cuatro ascensores, unos sofás cómodos y dos grandes plantas. También había un guarda uniformado tras un mostrador circular. El hombre saludó al chófer de Theo, que llevaba las maletas de Becky en las manos.

Becky decidió que aquello era una muy mala idea. No debería haber ido. No pertenecía a ese lugar. Sus mundos eran completamente diferentes.

Sin embargo, estaba allí, escuchando cómo el portero le indicaba dónde podía encontrar a Theo. Él la estaba esperando. Ella se sentía incómoda. Llevaba su abrigo de muchos bolsillos y, debajo, nada de ropa elegante. Los vaqueros que vestía habitualmente y una sudadera ancha. Se preguntaba qué habría pensado el chófer acerca de ella. Sabía que no podía ceder ante esas inseguridades. Aquello era un asunto de negocios. Un intercambio de favores. No era necesario que ella encajara en aquel lugar.

No obstante, mientras subía hasta la planta decimocuarta, sintió un nudo en el estómago.

Cuando se abrió la puerta del ascensor, Becky vio un gran espejo y un cuadro abstracto a cada lado.

–Tuerza a la derecha –le dijo el conserje con una sonrisa–. Es imposible no ver el apartamento del señor Rushing.

Ella torció a la derecha y comprendió lo que el conserje le había dicho. Toda la planta estaba ocupada por un único apartamento. El pasillo era como un rellano muy luminoso decorado con una obra de arte abstracto. Ella miró a su alrededor y, justo cuando se debatía entre llamar a la puerta o regresar al ascensor, Theo abrió la puerta.

Becky notó que se le disparaba el corazón y se le secaba la boca. Él no había cambiado nada y había sido una tontería pensar que podía haberlo hecho. Si acaso, era más alto y masculino. Y estaba mucho más sexy de lo que recordaba. Iba vestido con unos

vaqueros de color negro y un polo negro de manga
corta. Estaba apoyado contra el marco de la puerta y
la miraba mientras ella trataba de recuperar la compostura.

Theo la miró y reconoció a la mujer que, como
bien sabía, no encajaba en su mundo de sofisticación
y glamour. Ella no se había vestido para la ocasión, y
él dudaba de que tuviera el tipo de ropa adecuada
para su estilo de vida. Se fijó en que llevaba la misma
ropa que solía ponerse cuando tenía que ir a visitar a un
animal enfermo.

No obstante, daba igual qué ropa llevara. Nada
más verla, Theo notó que se le cortaba la respiración
y que todo su cuerpo reaccionaba. Ella todavía lo
excitaba.

Aunque habían quedado en que no tendrían relaciones sexuales.

Esas habían sido sus normas, y por supuesto tenían sentido. No importaba si él todavía la deseaba o
no. Había sido una tontería pensar que podía alargar
lo que habían compartido quince días más, y luego
olvidarse de ella.

Quizá si ella se hubiese mostrado entusiasmada
ante la oportunidad de volver a acostarse con él...

Si hubiese contestado a su llamada con tanto placer como hubiese mostrado cualquier otra mujer...

Bueno, bajo esas circunstancias, él no habría tenido problema en aceptar lo que ella le ofrecía. Sin
embargo, si ella hubiese sido el tipo de mujer que
habría aceptado dos semanas de sexo sin límite, no
habría sido la misma mujer.

Quizá ella había disfrutado con él, quizá le había

entregado la virginidad porque no había sido capaz de enfrentarse a la fuerte atracción que había sentido, pero él no era el tipo de hombre por el que ella se interesaba... Por eso había puesto la norma de *sexo cero*.

Por supuesto, ella tenía razón. Becky era demasiado seria como para tener una relación sin compromiso, y más cuando se disponía a fingir una relación con él por el bien de Marita.

Lo más importante era la salud de su madre, y él no quería que Becky empezara a cuestionarse lo que estaba haciendo, solo porque estuvieran acostándose. Porque ella estuviera teniendo una aventura con el chico equivocado.

Además, él nunca había perseguido a ninguna mujer y no estaba dispuesto a empezar a hacerlo.

Molesto consigo mismo por no ser capaz de controlar su libido, Theo se acercó a ella. Becky tenía aspecto de que podría salir corriendo si le dieran la oportunidad.

Por supuesto, no lo haría. Él la recompensaría por el favor. Daba igual que uno tuviera valores, el dinero siempre mandaba.

Era por dinero por lo que ella había aceptado hacerle el favor. Él había pensado que era diferente de otras mujeres con las que había salido en el pasado. Mujeres que se dejaban impresionar por su cuenta bancaria y por las cosas que él podía comprarles, pero ¿realmente era diferente?

Theo apretó los labios. Aquello era una mera transacción económica y si se centraba en ello, conseguiría controlar su libido.

—Has llegado —recogió sus maletas y dio un paso

atrás antes de mirarla de arriba abajo–. Me preguntaba si te arrepentirías en el último momento.

Becky percibió frialdad en su voz y pensó que era la voz de un hombre que ya no estaba interesado en ella físicamente. Necesitaba su ayuda y estaba dispuesto a pagar un alto precio por ella. Aquello no tenía nada que ver con que sintiera atracción o afecto por ella. Era como un negocio.

Theo quería hacer lo que él pensaba que era mejor para su madre y había visto en ella una oportunidad.

–Estuve tentada –contestó Becky. Al encontrarse a su lado decidió que tendría que mostrarse fría y distante como él–. Entonces pensé en lo que había sobre la mesa y me di cuenta de que sería tonta si rechazaba tu oferta.

–Quieres decir el dinero –el dio un paso atrás y permitió que ella entrara en el apartamento.

Becky entró y se quedó paralizada. Aquello no era un apartamento... Era un ático de lujo. Miró hacia delante y vio una pared de ladrillo visto donde colgaban cuadros originales. A la izquierda había una escalera en espiral que guiaba hasta unas habitaciones que parecían los dormitorios. El salón tenía amplios sofás de piel blanca, la cocina estaba decorada en tonos grises y el comedor era moderno. Casi no había paredes, así que los espacios se entremezclaban.

Y era muy amplio. El típico espacio donde no podía ponerse mucho color ni llenarlo de cosas.

–¿Estás impresionada? –preguntó Theo, al ver su expresión de asombro.

–Es muy bonito –Becky lo miró con sinceridad–. Debes sentirte privilegiado por vivir aquí...

Theo se encogió de hombros.

–Ya no me doy cuenta de dónde vivo –comentó. Después agarró las maletas y las subió por la escalera–. Igual que tú seguro que has dejado de notar el agua que gotea de tu tejado.

–No puedo olvidarlo, teniendo en cuenta que he de esquivar un cubo cada vez que paso por el pasillo.

–¿Lo han arreglado ya? –se detuvo en la puerta del dormitorio y la miró.

Becky lo miró también, enfadada por la manera en que él la hacía reaccionar a pesar de que todo había cambiado entre ellos. Tenía que controlarse. No podía pasarse dos semanas en estado de alerta.

–Una de mis amigas se ha ofrecido a supervisar la reparación. No quería dejarlo goteando dos semanas sin nadie en la casa.

–Yo cubriré los gastos.

–No hace falta.

Theo abrió la puerta del dormitorio y se detuvo frente a Becky.

–No nos vayamos por la tangente, Becky. Hay un trato sobre la mesa y pienso cumplirlo. Tú me vas a hacer un gran favor y, a cambio, yo repararé tu casa y te montaré una clínica para que no tengas que preocuparte de si encontrarás o no otro empleo.

Becky se sonrojó. No podía creerse qué estaba haciendo allí. El lado práctico de la situación no había sido el verdadero motivo por el que había ido allí. Aunque reconocerlo la asustara, el verdadero motivo por el que estaba en aquel ático maravilloso era porque tenía la esperanza de que él siguiera encontrándola atractiva. Tal y como había sucedido dos semanas antes. Ella había roto sus propias normas al acostarse con él. No le importaba que él fuera inadecuado para mantener una relación, ella deseaba romper las normas durante más tiempo.

Una vez allí, todo le parecía ridículo. Ni siquiera se sorprendería si él la ocultara hasta que se marcharan a Italia, por si alguien conocido los veía.

Por supuesto que él no se sentía atraído por ella. Y de no ser porque su madre necesitaba ayuda, nunca habría retomado el contacto con ella. Por suerte, ella se había puesto a la defensiva desde el primer momento y había puesto la condición de *sexo cero*. No obstante, sabía que si él elegía saltársela y le decía que la había echado de menos, ella no se habría resistido.

Eso no había sucedido, y ella había sido idiota por pensar que podía suceder.

—Bien —sonrió ella y miró alrededor del dormitorio—. ¿Te importaría mucho si me doy una ducha? Ha sido un viaje largo...

Lo miró un instante y estuvo a punto de preguntarle por qué parecía disgustado con ella si había sido él quien le había pedido que fuera. No lo hizo, porque tenía que mostrarse igual de fría que él. Quizá él se arrepentía de haberla llamado. Quizá no había tenido más elección, pero lo que quería en realidad era retomar su vida.

—Y después... ¿Podrías darme todos los detalles? Si se supone que salimos juntos tendremos que tener la misma historia para contar.

Theo se sorprendió de la velocidad con la que ella había olvidado sus escrúpulos acerca de engañar a su madre y se había decidido por seguirle el juego a cambio de un incentivo económico.

–Supongo –contestó él.

Las maletas de Becky desentonaban con el resto de la casa y él pensó que ella también debía sentirse fuera de lugar.

–Yo... –Becky se volvió hacia él y metió las manos en los bolsillos para no tocarlo–. Nunca he hecho nada parecido...

–Por eso tenemos que hablar de lo que va a suceder. Si estás muy nerviosa no va a ser creíble. Mi madre querrá saber que soy capaz de sentirme atraído por una mujer inteligente, pero empezará a dudar si te nota asustada. En cualquier caso, tómate el tiempo que necesites. Estaré abajo en la cocina. Podemos hablar de cómo tenemos que actuar cuando termines.

Theo necesitaba un trago.

Cuando ella se reunió con él cuarenta y cinco minutos más tarde, él se estaba preguntando cómo debían ser los detalles de aquella farsa. Su madre sabía que él iba a presentarle a una chica y estaba más animada. Era la primera vez en dos años que pasaba algo así.

Ya no había vuelta atrás.

Theo miró a Becky de arriba abajo cuando entró en la cocina. Se había cambiado de pantalones y de sudadera, y se había puesto zapatillas de andar por casa.

Becky se percató de cómo la estaba mirando y se sintió fuera de lugar.

«Cuando estabas en mi casa no parecía importarte mi aspecto», pensó con cierto rencor.

–Lo has vuelto a hacer –Theo comentó mientras le servía una copa de vino.

–¿El qué?

–Da la sensación de que te gustaría estar en cualquier otro lugar.

–Todo esto es ridículo.

–Te sugiero que avances. Es demasiado tarde para arrepentirse y, además, no tienes de qué preocuparte –se bebió su copa y se sirvió otra. Eran las siete pasadas y el cocinero ya había preparado la cena. De pronto recordó la cocina de casa de Becky y cómo él se sentaba a observarla mientras cocinaba. Deseando tocarla.

–¿Qué quieres decir? –ella bebió un poco de vino y lo miró. Era tan atractivo.

–Van a ser dos semanas –contestó Theo–. Dos semanas por las que serás bien recompensada. A cambio, lo único que tienes que hacer es sonreír y charlar de vez en cuando. Yo estaré contigo en todo momento. No te estoy pidiendo que te conviertas en la mejor amiga de mi madre. El objetivo es que le des un motivo para pensar en el futuro. Es un plan a corto plazo –continuó él–, pero es el único plan que tengo.

–¿Y por qué no te llevas a alguien con quien de verdad quieras tener una relación? –sugirió Becky.

Theo soltó una carcajada.

–Si tuviera una persona así en mi manga, ¿no crees que ya la habría sacado? No, si le presentara a mi madre a una de las mujeres con las que he salido, saldría corriendo horrorizada. Ya ha conocido a varias durante los años. No creo que su corazón pudiera resistirlo más.

–¿Y por qué sales con ellas si son tan inadecuadas?

–¿Quién ha dicho que son inadecuadas para mí? –contestó Theo–. En cualquier caso, es irrelevante. Aunque encontrara a alguien que pudiera servir, sería un acuerdo imposible.

–¿Por qué? –Becky se preguntaba si era consciente de lo ofensivos que eran sus comentarios.

–Porque conllevaría todo tipo de complicaciones. Es posible que confundieran la línea entre la ficción y la realidad.

–¿Y cómo sabes que a mí no me pasará eso?

–Porque has dejado claro desde un principio que yo no soy tu tipo. Además no te imagino haciéndote una idea equivocada de la situación –ella no le había contado por qué se había retirado a vivir en medio de la nada. Él se preguntaba qué tipo de chico lo había provocado. Un buen chico. Tan bueno que no se había atrevido a llevarla a la cama–. Estás aquí porque te ofrecí un trato que no pudiste rechazar y eso me vale. No hay malos entendidos, ni exigencias repentinas...

Y tampoco tendrían relaciones sexuales. Eso sería bueno en cuanto a los malos entendidos. Además, puesto que él había tenido fantasías acerca de ella, verla en su territorio le demostraría que su único atractivo había sido la novedad...

Sin embargo, le costaba mirarla sin desnudarla en la imaginación, y eso lo enfurecía.

–Vamos al grano... –miró la comida que les habían preparado y encendió el fuego para calentarla–. ¿Dónde nos conocimos...?

Becky se encogió de hombros.

–¿Para qué vamos a mentir? Dile a tu madre dónde vivo y que nos conocimos allí. Dile que te perdiste en medio de una nevada y que te quedaste en casa unos días.

–Eso no funcionará –dijo Theo, sonrojándose por no ser capaz de desmentir aquella mentira–. El amor a primera vista es bastante improbable.

–¿Por qué?

–Porque no va conmigo, y todo el que me conoce lo sabe.

–¿Y qué va contigo? –de algún modo, mientras hablaba con él, la comida había aparecido en un plato que estaba frente a ella. Estaba deliciosa. Era un guiso de pescado con habas y, a pesar de los nervios, ella no había perdido el apetito.

–Nos conocimos. Después de haber salido con muchas mujeres altas y delgadas, pero sin intelecto, me enamoré sin darme cuenta de una mujer inteligente e hice todo lo posible por conseguirla.

Becky se sonrojó. Su tono sexy hacía que sus palabras pudieran parecer una verdadera declaración de amor.

–Quieres decir que elegiste a una mujer bajita y rellenita –soltó una carcajada.

–No te menosprecies –dijo él–. Nunca habría buscado a alguien que no se gustara a sí misma...

–Yo me gusto –comentó Becky.

Theo sonrió.

–Bien. Y debes hacerlo. Ser alta y delgada no lo es todo.

Becky se sonrojó de nuevo al pensar que parecía que estaba coqueteando con ella.

–Hay algo más que mi madre nunca se creería –dijo él, echando el plato a un lado y colocando las manos detrás de la cabeza.

–¿Qué?

–Tu ropa.

–¿Disculpa?

–No puedes aparecer con la ropa que te pondrías para ir a visitar a un perro enfermo. Tendrás que olvidarte de los vaqueros y del calzado cómodo. En cualquier caso, estaremos en la costa y hará mucho más calor que aquí. Tendrás que despedirte de las sudaderas, Becky.

–Esta soy yo –protestó furiosa–. ¿Y no se supone que te has enamorado de justo lo contrario a las modelos con las que solías salir?

–No te estoy pidiendo que compres ropa corta y ceñida, pero si vamos a hacer esto tenemos que hacerlo bien. Tendrás un presupuesto ilimitado para comprarte todo lo que desees... Ha llegado el momento de despedirse de lo que has traído contigo...

Capítulo 6

THEO miró el reloj y después la suite donde Becky se estaba alojando con impaciencia.

Su chófer los esperaba para llevarlos al jet privado y ya habían pasado veinte minutos. Theo comprendía que las mujeres se retrasaran, pero Becky no era ese tipo de mujer. ¿Qué diablos la retenía?

Lo cierto era que no la había visto demasiado desde que ella había llegado al apartamento. Habían hablado acerca de los detalles de lo que tendrían que hacer y, después, ella había rechazado su oferta de acompañarla a las tiendas para reponer su vestuario. Ella no quería hacerlo, pero desde luego no estaba dispuesta a tener a alguien diciéndole lo que podía o no podía ponerse. Ya era bastante malo que él quisiera que aparentara ser la mujer que no era.

Ella le había dejado claro que había estado a punto de arrepentirse de aquella locura, y él sabía que ella se había dejado llevar por la oferta económica. Theo era muy práctico y agradecía que no hubiera sentimientos de por medio. ¿Y tampoco relaciones sexuales? Él no la perseguiría, pero le resultaba irónico que no tuvieran relaciones íntimas cuando se trataba de convencer a su madre de que eran pareja.

Además, sentía que había un asunto sin terminar

entre ellos y, por primera vez, su mente analítica no conseguía desplazar ese sentimiento.

Se había convertido en una víctima de la frustración sexual y lo odiaba.

Se preguntaba qué ropa se habría comprado para ir a Italia y seguía pensando en la posibilidad de que también incluyera su ropa habitual a modo de protesta, por haberle dicho qué era lo que tenía que hacer.

Además, lo que le había dicho era verdad... Su madre lo conocía lo suficientemente bien como para saber que le gustaban las mujeres bien vestidas. O al menos sabía que estaba acostumbrado a ese tipo de mujeres. Theo podría convencerla de que se había enamorado de una mujer inteligente, pero no se dejaría convencer por una mujer que no diera ninguna importancia a su aspecto.

¿Cómo reaccionaría si Becky apareciera en vaqueros y camiseta?

Sin embargo, no había ninguna otra mujer que pudiera hacer aquello. Y tampoco se le ocurría ninguna que hubiera conseguido mantener su interés el tiempo suficiente como para que su madre pudiera pensar que era algo serio.

Él sonrió al pensar en lo que diría su madre si lo viera apoyado en la puerta mirando el reloj, atrapado por una mujer impredecible que no estaba interesada en impresionarlo.

Estaba leyendo mensajes en su teléfono móvil cuando se dio cuenta de que ella había salido al salón donde la esperaba.

No fue necesario que levantara la vista.

Era consciente de que se acercaba sigilosamente. Theo la miró.

Las maletas viejas seguían en el mismo sitio, pero todo lo demás...

La miró de arriba abajo una y otra vez y se quedó boquiabierto. Era como si todo su cuerpo se negara a obedecer a su cerebro.

Becky había dudado acerca de su cambio de vestuario. Había tardado más de lo necesario porque había estado debatiéndose entre ponerse lo que había comprado o lo que estaba acostumbrada a ponerse.

Además, el comentario que Theo había hecho sobre su vestuario le había llegado al alma.

Durante la nevada había vestido ropa cómoda porque era lo que pedía la situación, pero por supuesto sabía que no siempre podía vestir así. De hecho había empaquetado toda su ropa de verano para llevarla a Italia. No era idiota. Sabía que no podía llevar ropa de abrigo. ¿Cómo es le había ocurrido a Theo que estaba dispuesta a presentarse como su novia vestida como una pordiosera?

Nunca se había alegrado tanto de haber dejado claro que la relación entre ellos era puramente económica. Si ya pensaba que él no era su tipo, sus comentarios acerca de la necesidad de que cambiara de vestuario lo había confirmado.

¿Theo quería que se vistiera como una muñeca? ¡Lo haría! Nunca había disfrutado yendo de compras, sin embargo, en esa ocasión había llegado a hacerlo. Y durante el proceso se había dado cuenta de que años antes había dejado de competir con su hermana por la imagen, y por eso se había ceñido al papel de ratón de biblioteca sin tiempo para jugar a las modelos. No se había planteado que podía haber un término medio.

Mientras se miraba en el espejo de uno de los vestuarios, pensó que en parte Theo era el responsable de ese cambio en su manera de pensar. Igual que había sido el responsable de sacarla de su zona de confort, de robarle la virginidad y de ayudarla a disfrutar de su parte física.

Becky se preguntaba qué pensaría de su cambio de vestuario, y eso la animó a ser más atrevida en cuanto a formas y colores...

Incluso se animó a revisar su lencería...

Después, mientras él la miraba en silencio, ella pensó que había merecido la pena cada minuto de esfuerzo.

Llevaba una falda de color melocotón y un top gris que le quedaban de maravilla. El cuerpo que lo había vuelto loco se veía acentuado por aquella ropa. Su cintura pequeña, sus senos grandes y redondeados...

Él le había dicho que su madre nunca creería que su novia era una chica que vestía como una veterinaria rural, pero no esperaba que se lo tomara en serio.

Y no le gustó.

Al ver las maletas, frunció el ceño.

—Veo que conservas las maletas viejas.

—Pensé que sería demasiado aparecer con unas maletas de Louis Vuitton, teniendo en cuenta que trabajo de veterinaria —soltó ella, sorprendida de que no hiciera ningún comentario sobre su vestuario.

Theo dio un paso atrás y la miró.

–Nadie adivinaría tu profesión ahora.

–¿Por eso me mirabas así? –preguntó ella–. ¿Porque crees que debería haberme comprado algo más acorde con lo que llevaría una veterinaria de vacaciones?

Habían salido de la casa y el chófer estaba abriendo la puerta para que Becky se sentara.

Theo lo miró fijamente al ver que el hombre la miraba de arriba abajo.

Harry había trabajado dos años para él y, por lo que Theo recordaba, nunca había mirado a las mujeres que él había llevado a su apartamento.

Theo se sonrojó y, cuando el coche arrancó, se dirigió a ella.

–Al sugerirte que cambiaras de vestuario no pensé que pasarías de un extremo a otro.

–Dijiste que tu madre nunca se creería que salías con alguien que vistiera como yo. En otras palabras, alguien que pareciera una pordiosera.

–Eso es una exageración.

–Querías que me pareciera a las mujeres con las que sales para... –se encogió de hombros.

Theo la miró y se fijó en el gesto defensivo de su cabeza. Después, se fijó en cómo la falda subía ligeramente por su muslo y se preguntó si llevaría medias largas o cortas. Al instante, su cuerpo reaccionó.

–Las mujeres con las que suelo salir son... Son diferentes a ti –murmuró él. Y se movió para aliviar la tensión de su miembro erecto–. No podrían ponerse un modelito como ese, así sin más, como has hecho tú...

–¿Qué quieres decir?

Becky percibió que se le entrecortaba la voz. Aquel hombre solo se había puesto en contacto con ella porque necesitaba un favor. Un hombre que dos días antes estaba contento de seguir con su vida. Y aunque ella le hubiera asegurado que no era su tipo, debía reconocer que le habría gustado que él hubiera contactado con ella por otro motivo. Aunque fuera con un mensaje diciéndole que la echaba un poco de menos.

Ella lo había echado de menos y había pensado en él más a menudo de lo que debía.

Y ese era uno de los motivos por los que había puesto la condición de *sexo cero* al aceptar su propuesta.

Si él pensaba que podía pedirle un favor como el que le había pedido y además disfrutar de una relación sexual con ella, solo porque lo habían hecho antes, ¡se equivocaba!

No obstante, había algo que le costaba admitir. Lo que había sentido por él la asustaba. El poder de su atractivo había sido tan poderoso que no le había quedado más remedio que acostarse con Theo.

Y le daba miedo que él pudiera partirle el corazón. No sabía cómo lo sabía, pero así era.

—Quiero decir que mi chófer nunca ha mirado a las modelos que he metido en el coche y, sin embargo, no podía apartar la mirada de ti.

Becky se sonrojó. Deseaba cubrirse el rostro con las manos para enfriarlo. Miró hacia el conductor, pero había cerrado la pantalla para ofrecer privacidad. Aún así...

—Si piensas que lo que he comprado resulta inapropiado, puedo sustituirlo...

–Depende.

–¿De qué?

–¿Qué más hay en las maletas? Quizá debería haberlas revisado antes de salir –continuó él pensativo–. Asegurarme de que no has comprado nada que pueda hacer que mi madre se...

–No seas ridículo –le dijo Becky–. Dudo que haya comprado algo que una chica de mi edad no quisiera ponerse y, si tu madre ha conocido a otras novias tuyas, ni pestañeará cuando vea este conjunto. Sé que si eran modelos, lo que llevo puesto les parecería demasiada ropa –aunque ni siquiera estaba mirándolo, notaba que él la miraba atentamente.

Theo nunca había sentido un deseo tan fuerte. No sabía cómo iba a sobrevivir las dos semanas sin poder acariciarla.

–En cualquier caso, has comprado lo que has comprado –dijo Theo, tratando de no pensar en intentar llevarla a la cama con él. Eso sería una muestra de debilidad y no podía permitírselo.

Con la conversación finalizada, Becky se quedó en silencio mientras Theo trabajaba en su teléfono. Cuando lo miró, parecía muy concentrado en su trabajo.

Al pensar en las dos semanas que tenía por delante, sintió un nudo en el estómago, así que se centró en lo que sería su vida cuando regresara de Italia. Él le había dicho que le pondría una consulta y se ocupó pensando dónde le gustaría montarla.

Se preguntaba cuándo venderían la casa. Sus padres no eran conscientes del estado en que se encontraba y eso era algo que había decidido que no les contaría. Cuando la vendieran, y no creía que fuera pronto porque el mercado inmobiliario no estaba muy boyante, podrían pedir un precio más alto puesto que ya estaban reparándola. Ella se alegraba de que sus padres pudieran ganar algo de dinero, ya que habían permitido que se quedara prácticamente gratis.

Mirando atrás, Becky apenas recordaba por qué había sentido tantas ganas de huir cuando su hermana y Freddy se comprometieron. Tampoco recordaba cómo era estar enamorada de Freddy, y no podía creer que algo así hubiera marcado su comportamiento durante años. No obstante, si no lo hubiera hecho no habría conocido a Theo. Él había aparecido en su vida y había provocado que se planteara a dónde se dirigía.

—Un centavo por tus pensamientos.

Becky pestañeó y lo miro. Él estaba apoyado en la puerta con las piernas extendidas.

—Estaba pensando en las coincidencias —dijo ella.

—Explícame eso —dijo Theo.

Becky dudó un instante. Sabía que necesitaba seguir a la defensiva, pero era consciente de que si durante quince días tenía que parecer que eran pareja, debía dejar de tratarlo como si fuera un enemigo.

No era un enemigo, pero era peligroso... Tremendamente peligroso. Y cuanto más pensaba en el impacto que tenía sobre ella, más poder le daba sobre su estado mental.

Con solo un par de comentarios acerca de su aspecto, ella ya había estado a punto de derretirse.

Y sería una pesadilla si pasara eso cada vez que él

le prestara atención, sobre todo teniendo en cuenta que tendrían que fingir que estaban enamorados delante de su madre.

–Estaba pensando que si no hubieses aparecido en mi casa, y si no hubiese estado nevando y no te hubieras quedado atrapado conmigo...

–La palabra *atrapado* quita toda la parte divertida del recuerdo –se fijó en que ella se sonrojaba y respiraba hondo. Era la señal de que la condición de *sexo cero* no le convencía del todo.

Ella había mencionado que eran inadecuados el uno para el otro y tenía razón. Él no era capaz de enamorarse, pero, sin embargo, la atracción física era tan grande que casi se podía palpar.

Ella se había acostado con él porque no había sido capaz de controlar la fuerte atracción. Él tampoco, y por eso deseaba acariciarla otra vez.

Aunque sabía que no era una buena idea. No obstante, no había ninguna norma contra coquetear, ni contra tantear cómo de resistente era la barrera que había puesto Becky a su alrededor. Algunas personas dirían que sería una respuesta comprensible, teniendo en cuenta que él era un hombre sano con una libido muy reactiva ante ella.

Iba a resultarle difícil mantener su orgullo, tener autocontrol y actuar con sentido común mientras esperaba a ver cómo transcurrían las cosas.

Iban a ser dos semanas muy animadas.

–Me estaba dejando llevar... Y tú me hiciste reaccionar.

–¿Se supone que es un cumplido? –dijo él–. Creo que nunca me habían dicho algo así.

–Siento que cuando todo esto termine, podré empezar una nueva vida.

–Te sugiero que primero pases las dos semanas que tenemos por delante antes de comenzar a planificar el resto de tu vida.

–¿Y si a tu madre no le caigo bien? –preguntó Becky–. Quiero decir, has dado por hecho que, puesto que no dio su aprobación a las mujeres con las que saliste en el pasado, me la dará a mí porque soy diferente... Puede que yo tampoco le caiga bien, y si eso sucede, todo esto será una pérdida de tiempo.

–¿Te da miedo no recibir tu dinero si las cosas no salen según el plan?

Eso no se le había ocurrido a Becky, pero tampoco lo negó. Iba a actuar con tanta frialdad como él. Iban a hacer un intercambio de favores y, cuanto más lo tuviera en cuenta, más contenta y relajada estaría. Sus miradas se encontraron y ella le sostuvo la mirada.

–Bueno, no hemos firmado nada –señaló ella.

Theo apretó los dientes. Una cosa que a su madre le iba a gustar de Becky era su sinceridad. Marita Rushing se había quejado a menudo de que las modelos a las que había conocido habrían hecho cualquier cosa por su dinero.

–Debe ser aburrido para ti –le había dicho su madre un par de años antes, después de conocer a una de las últimas rubias que le había presentado.

–¿Estás diciendo que no soy un hombre de palabra? Solo porque no le he pedido al abogado que nos redacte un acuerdo para firmarlo, ¿piensas que puedo negarte lo que te he prometido?

Becky suspiró y entornó los ojos.

–¡Eres tú el que ha sacado el tema!

–Sea cual sea el resultado dentro de dos semanas, conseguirás lo que te he prometido. De hecho, dime el sitio y mandaré a mi gente para que vaya buscando un buen lugar para la clínica. ¿Quizá quieres montarla con alguien?

Ella ladeó la cabeza y lo miró.

–Puede que me vaya a Francia –pensó en voz alta–. A ver a mi familia. Dentro de unos meses voy a ser tía.

Y Freddy no le supondría un problema. Por primera vez, podía admitir lo que había sospechado durante años. El hecho de que, aunque se había disgustado porque Freddy había elegido a Alice, no había estado destrozada. Aunque se había convencido de que debía regresar a la casa familiar para poder olvidarse de él, en realidad había decidido quedarse porque todo resultaba más fácil. En realidad, las ocasiones en las que había visto a Freddy, lo había encontrado un poco aburrido, pero admitirlo habría implicado abrir la caja de Pandora y preguntarse qué clase de hombre estaba buscando.

Siempre había supuesto que su compañero del alma se parecería mucho a Freddy.

No obstante, Freddy era un hombre aburrido y seguramente también lo serían los hombres que ella consideraba adecuados.

Desde pequeña había asumido que como Alice era la guapa de la familia, se juntaría con hombres atractivos. Y que ella se juntaría con hombres más formales, pero menos atractivos. No obstante, la vida le había demostrado lo contrario, puesto que su hermana se había enamorado locamente de un chico normal mientras que ella...

El corazón empezó a latirle muy deprisa. Sintió náuseas y se percató de que no era capaz de mirar al hombre que estaba a su lado, aunque sabía que podría verlo con los ojos cerrados porque tenía su imagen grabada en la memoria. Conocía cada detalle de su rostro, desde las líneas que se le formaban en el contorno de los ojos al sonreír, hasta el pequeño hoyuelo que aparecía en su mejilla cuando se reía... También la manera en que se oscurecían sus ojos grises cuando se excitaba, y el tacto de sus músculos bajo sus manos.

Becky había pensado que no sería capaz de llegarle al corazón porque no se encontraba dentro del tipo de hombres que ella consideraba adecuados. Al ver que no conseguía olvidarse de él cuando se marchó a Londres, pensó que era porque la había sacado de su zona de confort y que era normal que tardara en recuperarse. Lo que no se había preguntado era: ¿por qué había permitido que entrara en su zona de confort?

La atracción física era una cosa, pero había sentido muchas otras cosas por él, incluso después de varios días...

Él había tocado algo en su interior. ¿Por qué nadie le había advertido nunca que sí existía el amor a primera vista? ¿Cómo no lo había aprendido de Alice y Freddy, que se habían enamorado nada más conocerse?

De pronto, el pánico y la confusión se apoderaron

de ella. Sentía que podía desmayarse en cualquier momento. Él estaba diciéndole algo de Francia, pero ella apenas podía oírlo por culpa del fuerte latido de su corazón. Y ni siquiera se dio cuenta de que estaban llegando al lugar donde los esperaba un jet privado.

Al cabo de unos minutos, ella contestó a lo que él le decía. Sin saber qué era. Lo único que ocupaba su cabeza eran las dos semanas que tenían por delante y cómo sobreviviría a ellas.

No podía permitir que él supiera cómo se sentía. Si después tenía que vivir con el recuerdo no quería añadir recuerdos difíciles, como por ejemplo que él se riera de ella, o que se apartara como si tuviera una enfermedad infecciosa.

Las dos semanas que tenía por delante iban a ser todo un reto.

Capítulo 7

BECKY había aceptado el consejo que le había dado Theo acerca de que cambiara su vestuario para que pudiera parecer una novia creíble. Él era rico y estaba acostumbrado a las mujeres que se dedicaban a comprar ropa como profesión y era evidente que no se habría conformado con una mujer vestida en ropa barata y funcional.

Solo hacía falta ver el ático en el que vivía. Las maletas de Becky desentonaban entre toda la decoración de lujo como un elefante en una cacharrería.

Después, su jet privado, sirvió no solo para recordarle el motivo por el que él le había pedido que se comprara un nuevo vestuario, sino para crear mucha distancia entre ellos.

Incluso vestida con la ropa nueva, ella era muy consciente de que no encajaba en aquel lugar. Estaba boquiabierta contemplando los sofás color avellana del interior. Era un avión pequeño, como para doce personas. Había una barra con una cesta llena de fruta y un baño de mármol con ducha y toallas.

Al mirarla, Theo supo que estaba impresionada. Y eso lo complacía. Decidió no dedicarle tiempo al trabajo durante el vuelo y se dedicó a contarle todas las características del avión y los viajes de negocios que había hecho.

–Cuando llegaste a mi casa debiste sentir que estabas en un barrio pobre –comentó Becky.

Theo miró a otro lado.

A esas alturas le resultaba impensable admitir que no había aparecido en su casa por casualidad y, tenía cierto cargo de conciencia.

–Aunque encajaste –añadió ella.

–No siempre he tenido dinero a mi disposición –dijo él.

Ella lo miró sorprendida porque era la primera vez que hablaba abiertamente sobre su pasado. Durante el tiempo que pasaron juntos atrapados por la nevada, él le había contado historias acerca de los lugares que había visitado y de las cosas que había hecho, pero no había mencionado el pasado ni una sola vez.

–Pues te comportas como si hubieras nacido con una cuchara de plata en la boca –dijo Becky.

«Es solo una conversación», pensó, pero en el fondo sabía que se había enamorado de aquel hombre. Debía reconocerlo, igual que reconocía que enamorarse de él no era parte del trato. No obstante, el trato consistía en mostrarse como la mujer que él había contratado para ese papel, así que debía ser lo más conversadora y natural posible.

¿Y qué había de malo si descubría más cosas acerca de él?

–¿De veras? –a Theo le sorprendía su sinceridad.

–No le prestas ninguna atención a tus alredededores –le explicó Becky–. Apenas te fijas en los maravillosos cuadros que tienes en tu apartamento, ni en lo que hay en este avión.

–Es fácil acostumbrarse a lo que uno tiene. La novedad se pasa al cabo de un tiempo.

–¿Y cuándo ocurrió? –preguntó Becky con interés–. Solo lo pregunto porque si se supone que vamos a ser pareja, es normal que quiera saber un poco más sobre ti...

–Sabes mucho sobre mí –contestó Theo.

–Pero no sé nada de tu pasado.

–El pasado es irrelevante.

–No lo es –dijo Becky–. El pasado contribuye a ser como somos. ¿Y si tu madre dice algo de ti, esperando que yo sepa de que habla, y yo me veo obligada a decirle que no sé de qué habla?

–Dudo que se muriera del susto –contestó Theo–. Mi madre sabe que soy una persona reservada.

–No se puede ser reservado con una persona con la que se tiene una relación seria.

–Creo que me confundes con alguien más –contestó Theo–. Me estás confundiendo con uno de esos hombres sensibles que creen que la relaciones son pura efusividad y donde se comparten los secretos.

–Eres muy sarcástico, Theo –murmuró Becky.

–Realista –repuso Theo–. No me gustan los dramas emocionales y confiaría en que tampoco le gustasen a la mujer con la que compartiría una relación seria.

Becky lo miró.

–¿Quieres decir que te gustaría tener a tu lado a alguien tan frío y distante como tú?

–Yo no diría que soy frío y distante y, si lo piensas

bien, Becky, estoy seguro de que estarás de acuerdo conmigo.

Él sonrió y se fijó en cómo se sonrosaban sus mejillas.

–Ese comentario es inapropiado –soltó Becky. Ella había puesto sus normas y era importante que él las siguiera porque ¿cómo iba a pensar con claridad si él hacía otra vez lo que acababa de hacer?

–¿Por qué? ¿Porque me has dicho que no estás interesada en acostarte conmigo?

Becky se sonrojó todavía más.

–No se trata de esto –tartamudeó.

–No deberías vestir así si quieres que permanezca centrado –soltó Theo.

Becky odiaba la sensación de placer que la invadía por dentro. Había cometido el error de pensar que se podía practicar sexo sin mezclarlo con las emociones. No estaba hecha para eso.

Theo sí.

Lo había comentado. Se acostaba con mujeres y después se distanciaba de ellas. Nunca se implicaba emocionalmente, porque no tenía emociones que implicar.

Lo que él llamaba *drama emocional* es lo que la gente normal llamaría *enamorarse*, y era lo que ella había hecho con el hombre que menos lo merecía del planeta.

–Si te acuerdas –le dijo Becky con frialdad–, me dijiste que no valía nada de mi ropa...

Theo gruñó. Pensó que era una buena idea que se quedaran en su villa. Así habría menos posibilidad de que los hombres se chocaran contra las farolas al volverse para mirarla. Al pensar en los italianos interesándose por ella, le hervía la sangre.

–En cualquier caso, me estabas hablando de tu pasado –Becky se aclaró la garganta y sonrió–. Ibas a intentar convencerme de que recordabas lo que es no tener dinero cuando te comportas como si fueras miembro de la alta sociedad desde el nacimiento. No puedo creer que hayas sido otra cosa, aparte de rico...

Theo pensó que hacía mucho tiempo que no bajaba la guardia con una mujer. Ella lo estaba mirando con sus ojos azules y la boca entreabierta... Su lenguaje corporal resultaba tan atractivo que él no podía dejar de mirarla.

–No intentarás convertirme en un chico sensible, ¿no? –murmuró él, y le dedicó una sonrisa.

–Ni se me ocurriría –dijo Becky.

–¿Vas a sentir lástima de mí si te cuento mi triste historia?

–No creo que tengas una historia triste –su corazón latía muy deprisa. No estaban coqueteando, solo era una conversación, pero a ella le parecía lo mismo. Había algo en el ambiente que...

–A mi madre le partieron el corazón cuando era joven –Theo se sorprendió de estar contándole aquello porque era una parte de su pasado que no le había contado a nadie–. Yo era muy pequeño.

–¿Qué pasó?

–Mi padre se mató en un accidente. El lugar equivocado en el momento equivocado. Mi madre estaba desconsolada... Al parecer hizo las maletas, vendió la casa muy barata y se marchó lo más lejos que pudo. Por supuesto, no tenía dinero. O muy poco. Trabajó en todo tipo de sitios para poder darme lo que creía que yo necesitaba. Me insistió en lo importante que era estudiar y se aseguró de que tuviera la mejor opción. Trabajó muchísimo, porque en medio de su sufrimiento personal, yo era la única persona en el mundo que le importaba.

Y nunca avanzó. Hasta que comenzó a hablar de la casa de campo y de su deseo de regresar allí. Veinte años después de haberse marchado. Para Theo, eso era una muestra de que estaba superando la tragedia. Y prefería ese tipo de superación que la de convertirla en abuela para que tuviera una etapa más agradable en su vida.

—Comprendo por qué esto es tan importante para ti —dijo Becky.

Theo tardó unos instantes en contestar.

—¿Te ha conmovido mi triste historia?

—No seas cínico.

¿Theo habría sentido desde pequeño que su deber era ser el hombre de la familia? ¿La falta de dinero había provocado que necesitara una seguridad económica? Los padres de Becky siempre habían mantenido que el dinero no lo era todo. ¿Era por eso por lo que nunca le habían dicho que les gustaría vender la casa para poder tener un colchón económico? ¿Les habría dado vergüenza pedirle que se marchara? ¿O es que también sentían pena por su hija sin pareja?

Becky se sentía como si, al aparecer en su vida, Theo hubiera abierto la caja de Pandora y ella estuviera reflexionando sobre cosas que nunca antes había reflexionado.

—Es posible que mi madre esté un poco apagada

cuando lleguemos a Italia –dijo Theo, cambiando de conversación–. Mi tía no le habrá contado que yo sé por qué ha tenido que ir al hospital, pero mi madre es una mujer orgullosa y creo que se sentirá un poco avergonzada por haberse dado a la bebida para sobrellevar los días.

–Lo comprendo –murmuró Becky.

Tenía la sensación de que si trataba de prolongar aquella conversación, él se retiraría y se arrepentiría de haber compartido aquella información personal con ella.

Nunca había conocido a un hombre más orgulloso y reservado. Becky podía comprender por qué la idea de tener a otra mujer haciendo lo que estaba haciendo ella, era impensable para él. Una mujer que estuviera interesada en el tipo de relación que él descartaba tener, habría aprovechado su necesidad de sincerarse para intentar llegar a su corazón.

Becky se estremeció al pensar en lo ridículo que era estar allí, enamorada de él y sin que Theo lo supiera.

Cambió de tema a propósito y, al cabo de un rato, el jet aterrizó.

El cielo estaba azul y la brisa era primaveral.

Un coche los estaba esperando.

Theo la guio hasta allí y la ayudó a subirse al asiento trasero antes de sentarse a su lado.

–Mi madre se crio en Toscana –le dijo Theo mientras ella miraba por la ventana–, pero se mudó a Inglaterra cuando conoció y se casó con mi padre. Hace seis años, cuando su madre murió, yo decidí invertir en una casa cerca de Portofino, que es donde vive su hermana. Por supuesto, eso fue antes de que el lugar se llenara de famosos. Personalmente creo que deberían haberse mudado a la Toscana otra vez, hace tres años, cuando el marido de Flora falleció, pero ellas dicen que les gusta el clima de la península.

–¡Shh!

–¿Perdona?

–No hables más –dijo Becky–. Estás impidiendo que disfrute del paisaje.

Theo se rio y se fijó en la expresión de Becky al observar la belleza del puerto, los pesqueros y los yates de lujo.

Una vista preciosa antes de que el coche se adentrara en una carretera montañosa. Becky se había olvidado de todo y se había dejado llevar por la belleza de los alrededores. Se dio cuenta de que hacía años que no tenía una buenas vacaciones, y que nunca había estado en un sitio así. Iba a adentrarse en un mundo completamente diferente y no volvería a suceder.

Al ver que el coche atravesaba una impresionante reja y avanzaba por un camino rodeado de árboles, se le cortó la respiración. Al fondo había una casa de dos plantas pintada de color salmón.

El porche era lo bastante grande como para acoger varias butacas y, en la primera planta, también se veía una terraza desde la que colgaban varias plantas con flores.

Era un sitio precioso, y Becky permaneció mirándolo unos instantes mientras Theo y el chófer acercaban las maletas a la puerta.

–¿Estás en otro momento ¡*shh*!? –preguntó Theo, guiándola hasta la puerta.

–Creo que estoy enamorada –ella lo miró y se sonrojó. Estaba diciéndole la verdad–. Estoy enamorada de esta casa – añadió, como si hubiera conseguido escapar de las garras de un animal peligroso.

Becky no se percató de que la estaban observando hasta que oyó que alguien aplaudía. Cuando se volvió, encontró a una mujer de mediana edad que estaba apoyada en un bastón y lucía una amplia sonrisa.

En ese momento, Becky vio con sus propios ojos el amor que había provocado que Theo llevara a cabo aquella farsa.

Él se había acercado a darle un gran abrazo a su madre.

–¡Basta! –Marita Rushing trataba de liberarse de sus brazos para dirigirse hacia Becky–. ¡Por fin me traes a una mujer de verdad! ¡Ven aquí y deja que te vea!

–No la he visto tan contenta desde hace mucho tiempo –fue lo primero que dijo Theo horas más tarde, después de que Marita Rushing se hubiera retirado a su habitación para la noche. Su dormitorio estaba en el piso de abajo, y eso significaba que no se enteraría de que la supuesta pareja no compartiera habitación.

Becky se volvió hacia él. Por un lado deseaba continuar con la conversación. Por otro, deseaba que él se marchara de la habitación donde la habían acomodado para poder recuperarse de todas las veces que él la había tocado durante la tarde.

–No olvides que eres la luz de mi vida, y que no puedo mantener las manos alejadas de ti –le había susurrado Theo al oído en un momento dado.

En ese momento estaban sentados en el sofá, mientras su madre hablaba con entusiasmo sentada frente a ellos. Él tenía la mano apoyada en el muslo de Becky. Ella había intentado cerrar las piernas, pero él se lo impedía acariciándole la parte interna de la rodilla con el pulgar.

Eran una pareja y no podían quedar dudas al respecto.

Cada vez que ella se movía notaba la mirada de sus ojos grises. Cuando él la había acariciado, ella se había excitado, aunque las caricias hubieran sido muy suaves y delicadas y apenas se percibieran desde fuera.

–Me sorprende que tu madre no sintiera más curiosidad acerca de cómo nos hemos conocido –se acercó a la ventana y miró el reflejo de la luna sobre los árboles. La ventana estaba abierta y se podía inhalar la brisa marina. Detrás de la vegetación se observaba la quietud del mar, con su sombra oscura muy diferente de la del cielo. Ella podría haberse quedado contemplando aquella imagen siempre, de no haber sido porque Theo estaba junto a la puerta, provocando que se estremeciera con su mirada.

Becky se volvió y se apoyó en la repisa de la ventana.

–O sea... ¿te encuentras con un perro herido en la carretera y, puesto que eres un buen ciudadano, lo llevas al veterinario más cercano? Y resulta que soy yo.

Theo se sonrojó y frunció el ceño. Engañar a su

madre no le resultaba fácil. De hecho, nunca la había engañado, ni siquiera acerca de las mujeres poco adecuadas que habían pasado por su vida. No obstante, había merecido la pena solo por el cambio que había notado en ella. No estaba mintiendo cuando dijo que nunca la había visto tan feliz.

Cerró la puerta y se dirigió hacia Becky. Ella se había cambiado de ropa y llevaba otro modelito igual de sexy. Lo que a él le sorprendía no era que su madre no hubiera sospechado de la historia que le habían contado, sino de lo sexy que podía ser una veterinaria rural.

Y no solo era por el vestido que llevaba. De hecho, la prenda tampoco era nada especial, pero en ella... Había algo en la forma de su cuerpo, en la curva de sus caderas, y en la belleza de sus piernas que, combinado con su aspecto inocente...

Solo con mirarla Theo sentía que todo su cuerpo se ponía alerta. El vestido le dejaba los hombros al descubierto y Becky llevaba un sujetador sin tirantes. Tenía demasiado pecho como para ir sin sujetador, pero con o sin él, Theo recordaba muy bien la forma de sus senos y el sabor de sus pezones turgentes.

Se pasó la mano por el cabello y se detuvo frente a ella, mirando fijamente sus ojos azules.

–¿Y por qué mi madre podría cuestionar cómo nos conocimos? –preguntó él, desviando la mirada un instante antes de volver a fijarse en su cuerpo.

–Parece una historia poco creíble –murmuró Becky, cruzándose de brazos y mirando hacia otro lado.

–No muy diferente a otras historias de mujeres que he conocido.

–¿Como cuál?

–Hace tres años me tiré en paracaídas desde mi jet para una obra benéfica. Aterricé en un campo donde estaban rodando un anuncio de mantequilla. La actriz era una chica alta y rubia. Sueca. Y casi la aplasto al aterrizar. Salimos juntos tres meses. Se llamaba Ingrid.

–Y ahora aquí estás. Con una veterinaria rural.

–Ya te he dicho que nunca he visto a mi madre tan contenta.

–Porque cree que vamos a ofrecerle una historia de felicidad eterna –comentó Becky, mirando al suelo.

–Sé lo que estás pensando, Becky. Crees que soy cruel porque, tarde o temprano, mi madre descubrirá que no habrá un final feliz...

–¿Y no es así? –antes de conocer a su madre, Marita Rushing solo era un nombre. Después, se convirtió en una mujer encantadora, inundada por la tristeza, pero dispuesta a sonreír ante la idea de que su hijo sentara la cabeza. Becky sabía que él lo había hecho pensando que era lo mejor–. Olvida lo que he dicho –suspiró–. ¿Tienes algún plan para pasar el tiempo mientras estemos aquí?

Theo tenía pensado trabajar mientras se aseguraba que Becky entablaba relación con su madre, pero de forma distante. Quería que su madre creyera de verdad que él era capaz de mantener una relación con chicas que no solo estaban de paso en su vida. Quería que Marita recuperara las fuerzas para poder llevarla de regreso a Londres, pero no quería que Becky se encariñara demasiado con su madre. Después de todo, no iba a ser una presencia permanente en su vida.

También tenía pensado hablar con su tía para saber los detalles de la recuperación de su madre.

Y por último, quería sondearla acerca de los intereses que su madre podría haber mencionado y que él podría tratar de satisfacer cuando regresaran a Londres.

También estaba el asunto de la casa. Cuando la comprara, serviría de distracción para su madre.

Theo frunció el ceño al pensar que el asunto de la casa no era del todo ético. Algo que tendría que revisar cuando llegara el momento.

Hasta entonces...

Lo mejor era que fuera paso a paso. Por la mañana revisaría los armarios para ver qué bebidas alcohólicas había guardadas. Esa tarde, a su madre solo le habían permitido tomarse un vaso de vino. Él necesitaba asegurarse de que su madre se había dado a la bebida de manera puntual y de que no era algo que necesitara intervención profesional.

El trabajo tendría que esperar.

–Hay muchas cosas que ver –le dijo él–. Y lo normal sería que fuéramos a explorar por ahí.

–¿A explorar? –preguntó Becky como asustada.

–Eso es lo que hacen las parejas cuando están de vacaciones –comentó Theo.

–Pero no somos una pareja –señaló Becky.

–Déjate llevar, Becky.

–Eso es fácil de decir.

–¿Qué quieres decir?

–Nada –suspiró, atrapada por sus propios pensamientos. Era fácil para él actuar como si aquella fuera una situación para disfrutar mientras durara.

Sus emociones no estaban implicadas. Las de ella sí–. Y tendrás que dejar de tocarme –soltó ella.

Había estado pensando en lo vulnerable que se sentía al estar en su compañía. Había imaginado cómo sería comportarse como una pareja de verdad, haciendo turismo de la mano y dejándose llevar como si nada fuera una farsa.

También había pensado en todos los momentos que Theo la había tocado, esas pequeñas muestras de cariño que no significaban nada para él.

En esos momentos no podía ni mirarlo a los ojos, porque él se preguntaría dónde había quedado aquella mujer que había aceptado hacer aquello por la recompensa final. La que había conversado con su madre como si aquella farsa no fuera algo más difícil de lo que había tenido que hacer en otras ocasiones.

–¿Dejar de tocarte? –murmuró Theo.

–Ya sabes a qué me refiero... –lo miró de forma desafiante.

Él sonrió, provocando que ella se estremeciera.

–No te he tocado –dijo él–. Esto... –le acarició el cuello con un dedo y continuó por el escote de su vestido para detenerse entre sus senos–. Esto sería tocarte. Acariciarte. Y eso no es lo que he estado haciendo, ¿no?

–Theo, por favor...

–Me gusta. Me gusta cuando suplicas así...

–No se trataba de esto...

Theo la acarició justo por debajo del borde del sujetador y ella notó que sus pezones se ponían turgentes.

–Esto era un trato de negocios –susurró ella y se

movió, pero no lo suficiente como para evitar las caricias.

–Lo sé, pero no puedo dejar de mirarte, Becky. Y mis manos siguen a mis ojos...

–Me lo prometiste.

–Yo no prometí nada –dio un paso atrás–. Si no quieres que te toque, me controlaré, pero Becky, si me miras de ese modo y te humedeces los labios como si desearas acariciarme con la lengua, no puedes esperar que no te acaricie.

–¡No lo hago de manera intencionada!

Theo bajó la vista y pensó en el significado de sus palabras. Becky estaba luchando contra la norma de *sexo cero* que ella misma había pautado. Eso significaba que ella lo deseaba igual que él a ella, pero era una chica buena para la que no estaba bien visto mantener relaciones sexuales con un hombre con el que nunca tendría futuro. Lo había hecho una vez, pero estaba decidida a no volver a hacerlo.

Y él anhelaba tocarla. Lo había deseado desde que decidió volver a ponerse en contacto con ella.

Y eso que su voz interior le pedía que tuviera cuidado de no dañar su orgullo... Nunca en su vida había perseguido a una mujer y no había motivos para empezar. Sin embargo, había pasado la tarde entera enfrentándose a una libido descontrolada...

–Pero lo haces de todos modos –contestó él. Levantó las manos como muestra de rendición antes de meterlas en los bolsillos–. Y mientras lo sigas haciendo no esperes que yo colabore...

Capítulo 8

DIEZ días después de llegar a Italia, Becky despertó con dolor de cabeza y sensación de tener fiebre.

Por primera vez en su vida pensó que se alegraba de tener un resfriado. O una gripe. O cualquier virus que le diera la excusa de meterse en la cama durante veinticuatro horas. Lo días anteriores habían sido una tortura.

Theo había pucsto las cartas sobre la mesa. No pensaba colaborar. Ella había puesto las normas y él le había dicho tranquilamente que las iba a ignorar.

Por tanto, Becky estaba esperando que él atacara y se estaba preparando para el momento. Sabía que si él quería pelea, ella respondería como una rata acorralada, ya que se sentía vulnerable y con pocas defensas.

No obstante, Theo no atacó.

Si acaso, dejó de tocarla tan a menudo. Ella sentía que la miraba, pero ya no la tocaba. De hecho, después de cenar, cuando se sentaban en uno de los salones del piso de abajo, él se sentaba frente a ella, con las piernas estiradas y las manos sobre los muslos. Y a ella le suponía un problema apartar la mirada de su cuerpo.

En varias ocasiones Becky le había preguntado si no prefería marcharse y trabajar un poco.

–Estaré bien leyendo en un rincón –le había dicho ella. Había varios rincones acogedores en la casa, aunque su preferido era un columpio que había en la terraza desde donde se veía el mar.

–No te preocupes por mí –le había contestado él–. Es un detalle que estés preocupada por eso, pero me las estoy arreglando para trabajar por la noche.

Lo que significaba que durante el día estaban juntos. Habían hecho dos viajes a Portofino, donde él le había mostrado el puerto y las casas de colores que había en los alrededores. Habían comido en un restaurante exquisito y Becky había tomado demasiado Chablis helado.

Además, el autocontrol que Theo era capaz de mostrar había provocado que ella se pusiera todavía más nerviosa. Y Becky tenía la sensación de que él lo sabía y todavía se controlaba aún más.

Aunque pasaban mucho tiempo juntos, su madre casi siempre los acompañaba.

Becky se alegraba de ello, y prefería mantener cierta distancia con Marita Rushing. Sabía que si pasaba mucho tiempo a solas con aquella mujer se harían amigas y el hecho de estar engañándola sería mucho más difícil de manejar.

También sospechaba que Theo trabajaba por las noches, hasta que todo el mundo se había dormido, para poder controlar cuánto alcohol bebía su madre.

–De veras no creo que tenga un problema –le había dicho Becky la noche anterior, cuando estaban a punto de separarse para marcharse cada uno a su dormitorio.

–¿Cómo lo sabes? –le había preguntado él–. ¿Eres médico?

–¿Y tú? –preguntó ella–. De hecho, tengo más formación en medicina que tú, y te digo que no hay que vigilar a tu madre tan de cerca. No te ha dicho nada del tema porque seguramente fue algo puntual y se avergüenza de ello. Si no dejas de seguirla, sospechará que Flora te ha dicho algo y nunca lo olvidará. Es una mujer muy orgullosa.

Theo la miró fijamente, pero ella no se inmutó y al final él se rio y se encogió de hombros, lo que indicaba que al menos había oído lo que ella le tenía que decir.

Estar con él en todo momento era agotador. Ella se sentía como si no pudiera bajar la guardia, aunque empezaba a preguntarse si no habría perdido el interés en ella después del comentario que hizo acerca de que podría derribar sus defensas si se lo proponía.

En un principio era posible que la hubiera deseado de verdad, pero no era un hombre insistente, y eso era difícil de cambiar. Becky había tenido que detenerlo y él había decidido retraerse.

Y lo peor de todo, era que a ella le molestaba que lo hubiera hecho.

En lugar de sentirse aliviada por no tener que estar reprendiéndolo continuamente, echaba de menos que él la mirara como si le importara, al menos físicamente.

En más de una ocasión ella se había pillado inclinándose hacia delante, consciente de que él podría ver el sujetador de encaje que apenas cubría sus senos.

Ese día, aunque no se encontraba bien por el resfriado, estaba contenta porque necesitaba un tiempo para reflexionar.

En la casa había un teléfono interior que conectaba la habitación de Marita con el resto de habitaciones, el salón y la cocina. No obstante Becky decidió llamar a Theo al móvil.

Miró a su alrededor y observó lo bonita que era la habitación donde la habían alojado. Marita Rushing no podía subir las escaleras, y no había motivo para que lo hiciera. Cada día iba una asistenta a limpiar la casa y a preparar la comida.

Era una chica joven que apenas hablaba inglés y que se quedó muy sorprendida cuando Becky trató de ayudarla a limpiar su habitación.

Al principio, Becky se había preguntado si la chica le contaría a Marita que la pareja dormía en habitaciones separadas, pero después se percató de que no lo haría.

¿Y qué habría sucedido si hubiesen compartido habitación para que Marita pensara que eran una pareja de verdad?

¿Habría tenido que obviar la norma de *sexo cero* a causa de la potente atracción física que había entre ellos y el hecho de que ella se hubiera enamorado de él? ¿Habría perdido el sentido común por culpa del deseo y el sentimiento de amor?

¿Y habría estado peor de lo que estaba? Porque estaba destrozada. Aunque era posible que fuera por culpa de un virus. Su cuerpo le indicaba que necesitaba descansar.

Theo contestó después de que el teléfono sonara tres veces.

–¿Por qué te has despertado tan temprano? –preguntó nada más contestar.

–¿Y tú? –repuso ella.

–¿Por qué crees? –Theo se levantó del escritorio donde estaba trabajando y se acercó a mirar por la ventana.

Becky no había ido a buscarlo todavía.

Él había pensado que, tarde o temprano, no se resistiría y se dejaría llevar por la atracción física que había entre ellos. No obstante, él no iba a presionarla. Tarde o temprano ocurriría.

Después de todo, conocía bien a las mujeres.

También conocía el poder que tenía el sexo de calidad. Era un buen adversario para las dudas o el recelo.

Becky y él habían compartido una buena relación sexual. De las mejores.

Por desgracia, él había malinterpretado la situación y había llegado un punto en el que temía ser el primero en rendirse.

Ya empezaba a hacerlo en su cabeza. ¡Eran adultos y ya se habían acostado! No era como si todavía se estuvieran cortejando. Además, su madre estaba viviendo su sueño y disfrutaba viendo a su hijo con una mujer a la que ella le había dado su aprobación.

Con todo aquello, Theo no podía comprender por qué era incapaz de concentrarse en el trabajo y tenía que darse dos duchas de agua fría al día, cuando todo podía ser más sencillo.

Además, al oír la voz de Becky al otro lado de la línea, no pudo evitar que su imaginación provocara todo tipo de cosas en su cuerpo, al pensar en ella desnuda y medio dormida.

O cubierta de arriba abajo con un camisón de estilo victoriano, para ser consecuente con su norma de *sexo cero*.

Cualquiera de las dos imágenes valía.

—Estoy trabajando —se movió para tratar de liberar parte de la tensión de su entrepierna.

—¿Duermes alguna vez, Theo?

—Intento evitarlo. Es una pérdida de tiempo. ¿Para eso me has llamado a las seis y media de la mañana? ¿Para ver si duermo las horas suficientes?

—Te he llamado porque me temo que hoy será un día perdido para mí.

—¿Por qué? ¿De qué estás hablando?

—Me he despertado con dolor de cabeza. También me duele el cuerpo. Creo que tengo un resfriado. Me recuperaré pronto, pero hoy me voy a quedar en la cama.

—Mi madre se va a llevar una desilusión porque tenía pensado llevarte a su tienda de té favorita.

—Lo siento, Theo. Podría bajar a verla, pero no me encuentro bien y no quiero contagiarla. Ha tenido un año malo y lo único que le faltaba es que una invitada le contagiara algo. Si no te importa, voy a dormir un poco más y así, con suerte, mañana estaré bien.

—¿Qué te has tomado?

–¿Estás preocupado? –Becky no pudo evitar preguntárselo–. ¿Crees que si me tomo el día libre estarás perdiendo dinero? –se arrepintió nada más pronunciar esas palabras.

–¿Te estás ofreciendo a quedarte un día más, Becky? Sé que tienes mucha ética laboral...

–Lo siento. No debería... Bueno, lo siento...

–Duérmete, Becky. Le pediré a Ana que te suba algo de comer cuando llegue.

Él cortó la llamada y recordó el motivo por el que ella estaba en aquella casa, al margen de que hubiera atracción física entre ellos. No había nada como un buen golpe bajo para que alguien recordara sus prioridades.

Becky despertó después de un sueño alterado por la fiebre. Se había tomado una medicina un par de horas antes y notaba que el efecto ya se le estaba pasando.

Se encontraba un poco mejor que antes, pero necesitaba tomarse el día libre para poder recuperarse.

No vio a Theo enseguida. Las cortinas estaban cerradas y el cuarto estaba a oscuras.

–Estás despierta.

Becky se quedó boquiabierta al oír su voz y, rápidamente, se cubrió con la sábana los brazos desnudos.

Se había comprado lencería nueva y el conjunto que llevaba no era más que unas piezas de encaje que no dejaban lugar a la imaginación. Nada parecido al camisón calentito que llevaba en su casa.

–¿Qué haces aquí? –preguntó, consciente de sus pezones turgentes.

–Órdenes del médico. El desayuno. ¿Qué te apetece comer?

–Por favor, no molestes a Ana –suplicó Becky–. Ya tiene bastante que hacer aquí como para traerme el desayuno a la cama. Solo necesito pasar el día durmiendo y mañana estaré bien.

–Y mientras estás en la cama ¿no vas a comer nada para recuperarte? ¿Solo porque no quieres molestar a la asistenta?

Becky se sonrojó. La actitud que tenía Theo hacia el ama de llaves era muy distinta a la de ella. Theo se portaba con educación, pero consideraba que les pagaba bien para trabajar. Igual que a cualquiera de los empleados de sus empresas.

–Da igual –Theo gesticuló con la mano–. Ana está enferma y no ha venido. Es probable que tenga el mismo virus que tú.

–¡Qué horror!

–Y por favor, ahora no empieces a culpabilizarte por haber traído el virus. Yo creo que lo ha traído Ana. Tiene cinco hermanos, así que los virus tienen lugar para campar a sus anchas.

–¿Y tu madre? ¿No me digas que ella también...?

–Por suerte, no, pero la he mandado un par de días a casa de Flora. Está delicada de salud y lo último que necesita es la gripe.

–Es posible que tú seas el siguiente en caer –dijo Becky.

–Yo nunca estoy enfermo.

–¿Se lo has dicho al virus? Porque puede que no

lo sepa. Igual han decidido que eres un lugar estupendo para hacer de las suyas.

—Soy tan fuerte como un toro. Bueno. Dime qué quieres de comer.

Así que Theo y ella eran los únicos que estaban en la casa. Becky no debía ponerse nerviosa porque, si Theo hubiese querido tocarla y provocarla, lo habría hecho. Eso ya había pasado. Su declaración de intenciones estaba vacía.

Y encima el pobre hombre se sentía obligado a cuidar de ella cuando, probablemente, prefería estar trabajando ya que no tenía que vigilar a su madre y atender a su supuesta novia.

—Supongo que algo de comer me sentaría bien. He dormido muy mal esta noche.

Theo arqueó las cejas. El edredón se había movido una pizca y, si no se equivocaba, parecía que ella no llevaba un camisón victoriano, tal y como había imaginado. De hecho, los tirantes finos que veía sugerían una prenda completamente distinta.

—¿Y qué te apetece? —preguntó aclarándose la garganta y observando cómo se sonrojaba Becky.

—Quizá un huevo pasado por agua —murmuró ella—. Y una tostada. Quizá un poco de jamón a la plancha, pero hecho con mantequilla. La proteína es importante para mi recuperación, supongo. Y si hay zumo... Eso estaría bien. He visto que Ana hace zumo con un exprimidor eléctrico... Y un poco de té, también...

—Has cambiado completamente de opinión, pasando de no tener hambre y no querer molestar a nadie a... —Theo se quejó con un tono que indicaba que sabía muy bien a qué se debía ese cambio.

Becky sonrió como disculpándose.

–Comprendo que no quieras hacerme el desayuno, Theo. Supongo que es el tipo de cosa que nunca has hecho para una mujer. De hecho, creo que ninguna mujer habrá sido lo bastante valiente como para ponerse enferma estando tú alrededor. Es probable que supieran que no ibas a prestarles atención.

–Eso demuestra lo especial que eres ¿no? Porque aquí estoy yo, ofreciéndome a ser tu esclavo mientras tú estás en la cama...

Becky se sonrojó. Sabía por qué Theo estaba allí. Su madre le habría dicho que cuidara de ella. Marita era así. Había tenido un corto, pero idílico, matrimonio con un hombre del que estaba locamente enamorada. Su concepto de amor romántico estaba idealizado, porque eso es lo que ella había tenido y, en el fondo de su corazón, confiaba en que su hijo fuera capaz de enamorarse y de encontrar la felicidad que ella había encontrado con su compañero del alma.

Becky había comprendido por qué Theo le había dicho que su madre mejoraría cuando le presentara a una mujer adecuada. Y Flora, dos días antes, había confirmado que el estado anímico de Marita había mejorado desde que Theo había ido a visitarla con Becky a su lado.

–Es una mujer diferente –le había dicho Flora–. Vuelve a ser mi hermana, y no esa mujer frágil que sentía que no tenía nada por lo que vivir... Era diferente cuando Theo era joven y la necesitaba, pero al darse cuenta de que su hijo no tenía ningún interés en sentar la cabeza... Bueno, me alegro de que estés aquí.

Becky permaneció en silencio unos instantes, después de recordara las palabras de Flora.

–Una tostada será suficiente –fue todo lo que pudo decir.

–No se me ocurriría privarte del alimento necesario para superar el resfriado –Theo sonrió–. ¿Algo más que añadir? ¿O debería marcharme mientras sea posible?

Becky sonrió cuando él salió de la habitación.

Le encantaba su sentido del humor.

Y recordar a diario cuál era la realidad de aquella situación y la realidad de lo que él sentía por ella, era todo un reto.

Recostada sobre las almohadas se preguntaba si no debería ponerse ropa más adecuada. De pronto, se percató de que en la ropa que se había comprado para pasar dos semanas en Italia no había nada que fuera más recatado. Incluso los pantalones cortos le llegaban por la rodilla.

Theo regresó casi veinte minutos más tarde con una bandeja. Abrió la puerta del dormitorio con el hombro y se sorprendió al ver que todavía estaba en la cama y con el edredón atrapado bajo los brazos.

–El desayuno... –acercó una silla a la cama, dejó la bandeja sobre el regazo de Becky y se sentó junto a ella.

–No hace falta que te quedes –Becky miró la bandeja y se sorprendió al ver cómo el huevo pasado por agua y el jamón se habían convertido en algo no identificable.

–El huevo pasado por agua –señaló Theo–, no me

ha salido como quería. Me temo que he tenido que
ser un poco creativo...

¿Cómo podría mantener el edredón en su sitio
mientras comía? Lo intentó, pero se le fue cayendo
poco a poco.

Desde donde estaba, Theo se sentía como un *vo-
yeur* observando la piel suave de sus hombros. Había
algo hipnótico en el movimiento de sus hombros y,
para no entrar en trance, decidió darle conversación.

Becky sentía la mirada de sus ojos grises sobre ella.
Aunque no lo estaba mirando, ni siquiera de reojo...

Cuando terminó el desayuno y dejó los cubiertos,
se sentía como si estuviera al borde de un precipicio.
Se percató de que el edredón se había movido y de
que el top de encaje permitía que se le viera la tez
pálida de su cuerpo.

Aquello era jugar con fuego, y no estaba segura
de por qué lo estaba haciendo. Había pasado mucho
tiempo manteniéndose fuerte. Había asumido que él
había perdido el interés que sentía por ella. Y se había regañado por haber sido lo bastante estúpida
como para haberse enamorado de aquel hombre, es-
forzándose por asegurarse de no estar muy expuesta.

No obstante, al sentir que él la miraba, la vocecita
que al principio la había animado a acostarse con él,
consiguió romper todas las defensas que había conseguido crear.

Así que se había enamorado de él... Así que era lo
más estúpido que había hecho nunca... Claro que no
había podido evitarlo... Y allí estaba, luchando para
que él no se acercara a ella. Le había dicho que el

sexo no entraba en sus planes, pero ¿para qué le había servido? ¿Estaba contenta con su decisión? ¿Había servido para que él le resultara menos tentador?

Estaba tan desesperada por protegerse y por no permitir que él volviera a hacerle daño, que tenía la sensación de que iba a darle un ataque de nervios.

–Estaba muy bueno. Gracias –oyó que le temblaba la voz y miró a Theo mientras retiraba la bandeja. Cuando se recostó sobre las almohadas, no se apresuró a taparse con el edredón.

Entrecerró los ojos y suspiró. Momentos más tarde, vio que él estaba mirándola con los brazos cruzados.

Él había abierto las cortinas hasta la mitad, y el sol iluminaba solo una parte de la habitación. Theo no sonreía, pero tampoco tenía el ceño fruncido. Simplemente la miraba pensativo.

Ella se estremeció al darse cuenta de en qué estaba pensando.

Ella lo había echado de menos.

–No estarás tratando de engañarme ¿verdad? –le preguntó Theo.

–No sé a qué te refieres...

–Oh, Becky. ¿No será que eres una pobrecita que se siente demasiado mal como para pensar con claridad?

–Me siento mejor ahora, después de comer algo.

–¿Y eso justifica que de repente te hayas relajado?

Becky no dijo nada. Sus miradas se encontraron y ninguno la desvió. Ella notó que se le aceleraba el corazón y los pezones se le ponían turgentes.

Para Theo, era como si todo se moviera a cámara lenta.

Su miembro estaba duro como el acero y pronto se notaría a través de la tela de sus pantalones. «Baja la mirada, cariño, y te darás cuenta de lo excitado que estoy», pensó él.

Ella bajó la mirada y se humedeció los labios con la lengua. Tenía el cabello extendido por la almohada, alborotado de manera provocativa.

—Nada de sexo –le recordó él.

Becky lo miró.

—Has dejado de tocarme –dijo ella, con voz temblorosa. De pronto le parecía muy importante que le dijera que todavía le gustaba, aunque lo notara en su manera de mirarla y en la erección que no se molestaba en ocultar. Necesitaba oírlo...

—Me diste instrucciones para que lo hiciera.

—Lo sé, pero...

—¿Buscas que te diga que deseaba seguir tocándote? Porque no hace falta mucho más para que me oigas decirlo. Quería seguir tocándote... –se pasó los dedos por el cabello. Cuando pensó en su cuerpo y en lo que podía hacer con él, tuvo que respirar hondo para controlar su libido–. Te he deseado desde que me marché de los Cotswolds. Desde entonces no he parado de desearte. Ha sido muy difícil mirarte sin poder tocarte. ¿Eso es más o menos lo que querías oír?

Becky pensó que le gustaría oír mucho más. Sabía que debía conformarse con que él la deseara, y estaba harta de no hacerle caso porque el deseo no fuera acompañado de la palabra amor.

Era demasiado débil.

Le quedaban pocos días allí y era demasiado débil como para seguir tratando de ser fuerte.

Y si Theo tenía capacidad de amar, no sería a ella. En realidad no creía que él pudiera amar a nadie.

–Nunca me vio enamorada –le había dicho la madre de Theo una tarde cuando él estaba atendiendo una llamada de teléfono–. Solo me vio cuando estaba triste y sola. Eso lo ha convertido en el hombre que es... Asustado del amor.. Hasta ahora que te ha conocido a ti.

Becky había ignorado la parte de que Theo había tenido miedo del amor hasta que la encontró a ella, pero había analizado una y otra vez el resto de lo que Marita había dicho. Su pasado había provocado que fuera el hombre que era en relación al amor. Nunca confiaría en algo que tenía poder para destruir. En su opinión, su madre había quedado destrozada por el amor.

Lo único que él podía ofrecerle eran sus caricias.

–Más o menos –convino Becky con un suspiro. Retiró el edredón y dejó al descubierto el conjunto de encaje que llevaba. Sus pezones rosados se veían entre el encaje, igual que la sombra de vello oscuro de su entrepierna.

Ella apoyó la mano sobre su pubis, deseando apretar las piernas para calmar el ardor que sentía. Theo tenía los ojos oscuros por el deseo.

–Becky –Theo apenas reconocía su voz–. Hay algo que deberías saber... –tenía que contarle la verdad. Decirle que las coincidencias no existían y qué era lo que pasaba con su casa en realidad. Lo que parecía una buena idea, había sido un gran error.

–No digas nada –lo interrumpió Becky antes de que él le hiciera otra de esas advertencias inútiles para lo que estaban a punto de hacer No quería oírla.

–Nos quedan pocos días y, después, cada uno seguirá con su vida. No volveremos a vernos, así que no hay que dar ninguna explicación. Podemos... disfrutar de este momento y mañana será otro día...

Capítulo 9

SE LO contaría. Por supuesto que lo haría. En lugar de comprarle la casa de manera anónima, al cabo de tres meses, le diría quién era. Además pagaría más de lo debido por la casa que pensaba comprar a precio de saldo, como forma de hacer justicia con la gente que se la compró a su madre por muy poco dinero.

Tres meses después, todo lo que tenían sería agua pasada. Y era posible que se rieran mientras firmaban el contrato porque, ella habría salido ganadora. Becky tendría un trabajo nuevo en un lugar nuevo, y alquilaría un apartamento nuevo. Además, la casa ya se habría reformado, así que el tiempo que pasara allí todavía, sería cómodo. ¡Sin cubos para recoger el agua de las goteras!

Ella no estaba interesada en oír historias acerca de por qué había aparecido en su casa.

Y él no estaba interesado en estropear el momento contándoselo.

Ella estaba excitada.

Él estaba excitado.

Hablar era algo que llevaba mucho tiempo cuando había muchas cosas que ambos querían hacer.

Becky vio que Theo dudaba un instante y contuvo la respiración. Sabía que si él decidía echarse atrás, si pensaba que no estaba preparado para meterse al agua, a pesar de que ella le había asegurado que los pocos días que les quedaban saciarían su deseo antes de separarse para siempre... ella se retiraría del juego.

Quizá perdería el orgullo, pero se retiraría sin arrepentimiento porque no estaba preparada para darle la espalda a lo que podía ser suyo durante unos días más.

Estaba harta de ser una mártir. Y no sabía por qué había planteado la norma de *sexo cero* cuando él le hizo su propuesta.

–No te encuentras bien –dijo Theo.

–¿Por qué estás siendo tan considerado? –bromeó Becky, sin saber qué respuesta iba a obtener.

–Porque soy un caballero –contestó él con una sonrisa.

–A lo mejor no quiero que ahora seas un caballero –murmuró Becky, echándose a un lado para dejarle sitio en la cama doble–. ¿Estás seguro de que no te asusta meterte en la cama conmigo y pillarte el virus? Sé que dijiste que los virus nunca te atacan, pero...

–Eres una bruja –masculló Theo. Se acercó a las ventana y cerró la cortina, dejando a oscuras la habitación. Permaneció allí unos instantes, mirando a Becky. Después tuvo que recolocarse el pantalón porque su miembro erecto presionaba contra la cremallera.

Comenzó a desvestirse despacio. No quería poseerla deprisa y corriendo. Quería disfrutar de cada momento, saborear su cuerpo y recordar su tacto al explorarlo con la boca y las manos.

Quería tomarse su tiempo.

Becky se recostó contra las almohadas mientras él se dirigía hacia ella con el torso desnudo y los pantalones desabrochados. Tenía un cuerpo perfecto. Era delgado y musculoso. El tipo de hombre al que se podía mirar toda una vida.

Becky no sabía qué había pasado con su resfriado. Se había despertado sintiéndose mal y pensando que podría pasarse el día en la cama para recuperarse del efecto que tenía sobre ella el contacto diario con él. Sin embargo, de pronto se sentía bien.

Estaba ardiendo, pero no por la fiebre. Ardía por el hombre que la miraba con la mano apoyada en la cremallera de sus pantalones. Ella se fijó en el bulto de su erección y se excitó todavía más.

Se inclinó hacia delante y le acarició el bulto con suavidad. Theo suspiró y ella notó que se le aceleraba el corazón.

Becky se incorporó mientras él permanecía de pie junto a la cama.

Se le había caído el edredón. Theo se fijó en sus hombros, en su cabello alborotado, y en las partes del cuerpo que dejaba al descubierto su picardías color carne. Él se fijó en el escote y apretó los dientes y los puños para evitar empujarla contra las almohadas y poseerla.

Entretanto, ella le había abierto la cremallera de los pantalones y se los estaba bajando.

—Becky...

–Me gusta cuando pierdes el control –dijo ella, con la voz entrecortada.

Theo se había quitado los pantalones y ella sabía que se estaba conteniendo para no empujarla hacia atrás y hacer lo que deseaba, tomando el control de la situación.

De ninguna manera.

Ella le bajó los pantalones y le rodeó el miembro con los dedos. Al momento, comenzó a acariciárselo con la lengua hasta que él no pudo contener sus gemidos. Theo metió los dedos entre el cabello de Becky para que no dejara de hacer lo que estaba haciendo, pero al mismo tiempo quería retirarla para que se detuviera antes de llevarlo a un punto sin retorno.

Becky rodeó su miembro con la boca y succionó con cuidado. Después, más fuerte. Y así una y otra vez, creando un ritmo que provocó que él se excitara todavía más y le dijera lo mucho que le gustaba. Antes de conocerlo, nunca se había imaginado que podía llegar a tener una relación tan íntima con un hombre. Nunca había imaginado que podría escuchar cosas como las que él le había dicho mientras hacían el amor... explicándole qué quería que le hiciera, y cómo... Contándole lo que él deseaba hacerle mientras ella ardía de deseo.

–Basta –le ordenó, pero era demasiado tarde.

Era lo último que deseaba. Quería que ella fuera más despacio, pero demostraba el efecto que Becky tenía sobre él. Theo no fue capaz de controlarse y blasfemó en voz baja mientras llegaba al orgasmo.

–Una lástima para ti –comentó él, sentándose en

la cama y abrazándola–. Quería ir despacio... –le retiró el cabello y le mordisqueó el lóbulo de la oreja.

Becky se estremeció y deslizó un muslo sobre la pierna de Theo, para aliviar la tensión de su entrepierna.

–Chica mala. Sabes que tendrás que pagármelas por haberme hecho perder el control de esa manera ¿no?

Él echaba de menos aquello... Y mucho más de lo que habría imaginado. Tenerla a su lado en la cama lo hacía sentir muy cómodo, como si estuviera sucediendo lo inevitable, como si estuviera hecho para estar allí, haciendo aquello.

«Terminando un asunto pendiente», pensó, ignorando una sensación incómoda.

Theo le acarició el muslo con la mano. Tenía la piel caliente y él se preguntaba si estaría dispuesta a hacer lo que quería hacer.

–¿Supongo que te has tomado algo para el resfriado?

–¿Desde cuándo eres como una mamá gallina? –Becky se rio y se inclinó para besarlo. Tenía los labios firmes y ella se sorprendió de cómo su cuerpo recordaba el de Theo.

Durante un instante, Theo se quedó quieto. Después, metió los dedos bajo el encaje de su top y le acarició los pezones. La tumbó sobre la cama y se colocó para poder explorar su cuerpo con detenimiento.

Comenzó por la boca. Ella lo había llevado al clímax, pero Theo empezaba a notar otra erección, y esa vez estaba dispuesto a llevarla a ella también.

La besó despacio en los labios y le retiró el cabello

del rostro para besarle el cuello y los hombros. Ella arqueó el cuerpo y se estremeció. Empezó a respirar con fuerza y a gemir de vez en cuando.

Estaba desesperada por quitarse la ropa, pero él no se lo permitía. Theo comenzó a acariciarle con la lengua por encima de la tela, succionando su pezón a través de un hueco del encaje.

–Vas a romper mi top nuevo –se quejó ella entre risas, mientras él encontraba otro agujero por el que sacar el otro pezón.

–No deberías habértelo comprado –contestó él, mirándola a los ojos–. Deberías haberte quedado con las camisetas de algodón, y así no te importaría que rompiera la tela para llegar hasta tu maravilloso cuerpo.

–Solo obedecí las órdenes de reemplazar mi vestuario...

–¿Desde cuándo obedeces órdenes? –preguntó Theo–. Eres la amante más desobediente que he tenido nunca.

–¡No soy tu amante!

–¿Prefieres *querida*?

–Preferiría que dejaras de hablar.

Habría preferido que la llamara esposa, pero se tendría que conformar con *amante*, igual que debía conformarse con el poco tiempo que tenía por delante para disfrutar de él.

–Encantado de hacerte caso –Theo se tomó su tiempo dándole placer. Le mordisqueó los pezones a través del encaje, disfrutando de su piel suave. Por un lado, prefería no quitarle la ropa para no liberar sus senos del encaje, pero, por otro, deseaba sujetárselos con las manos. Empezó a acariciárselos y ella comenzó a moverse, mirándolo con ojos de deseo.

Así era como a él le gustaba. Le sorprendía pensar que él se había imaginado aquello desde el primer momento en que había salido de casa de Becky, después de haberse quedado atrapado por la nieve. Él no solo había pensado en ella. También había recordado todas las imágenes de lo que había compartido con ella, proyectándolas en otro momento y otro lugar. Allí donde harían lo que estaban haciendo en esos momentos. El amor.

Él la besó en los costados y después en el vientre. Su piel era suave como la seda. Se detuvo sobre su ombligo, lo exploró con la lengua y oyó que ella le decía que lo necesitaba, que estaba loca por él. Becky ya había separado las piernas y él percibía el olor de su feminidad.

Ella respiraba deprisa, jadeando. Él colocó la mano sobre su entrepierna y notó la humedad de su cuerpo a través de la tela de encaje del pantalón corto. Metió los dedos bajo la tela y le acarició el centro de su feminidad.

Theo echó a un lado la tela del pantalón. Pensaba quitarle la prenda enseguida, pero quería disfrutar de ver cómo respondía a sus caricias.

Ella respiraba cada vez más rápido, medio gimiendo, medio jadeando.

Era la viva imagen de una mujer a merced de sus respuestas físicas y él se sentía satisfecho de ser quién se las provocaba. Quizá ella lo considerara un hombre inadecuado, pero no podía negar que la excitaba.

Y era probable que fuera por eso por lo que su madre no había cuestionado su relación. Marita Rushing no había dudado ni un momento que tenían una relación seria. De que eran una pareja de verdad.

–No tienes ni idea de lo mucho que me excitas –dijo él.

–Puedes intentar decírmelo. Necesito que me convenzas de ello después de haber pasado tanto tiempo ignorándome.

Theo le quitó los pantalones y ella se incorporó para quitarse la parte de arriba. Después, volvió a recostarse sobre las almohadas.

Theo la miró unos instantes, fijándose en sus senos redondeados, en su cabello largo y en su expresión sincera.

Se colocó a horcajadas sobre ella y recordó que debía ir despacio, aunque deseara hacerlo de otra manera. Inclinó la cabeza y comenzó a acariciarle la entrepierna con la lengua, saboreando su feminidad. Hizo un gran esfuerzo para controlar su erección, porque no podía permitirse perder el control otra vez. Con una, ya había tenido suficiente.

Becky apenas podía respirar. Era maravilloso tenerlo allí, con la cabeza entre sus piernas y las manos bajo el trasero, sujetándola contra su boca para que no perdiera ni una pizca de placer.

Ella le rodeó la espalda con las piernas y apoyó las manos en la cama. Podía sentir que el orgasmo se formaba en su interior y se alejó de su boca jadeando. No quería llegar al clímax. Necesitaba sentir a Theo en su interior.

Theo se incorporó y la besó en la boca.

—No tienes ni idea del tiempo que llevo deseando hacer esto —le confesó.

—¿Cuánto? —preguntó Becky, deseando oír cualquier cosa a la que aferrarse para pensar que aquello era algo más que una mera relación sexual para él.

—Más o menos desde que me alejé de la puerta de tu casa —sonrió Theo.

—Podrías haberte quedado más tiempo.

—Por desgracia... —Theo la besuqueó en el cuello y continuó—, había que volver a la realidad. Solo se puede estar ocioso un tiempo.

—Como ahora —se rio Becky, aunque tenía el corazón encogido por el dolor.

—Esto es algo más que puro ocio —Theo la miró muy serio—. No es solo diversión. Hay algo más en la ecuación.

—Básicamente es diversión. Quiero decir, estamos juntos en la cama y después nos separaremos y será...

Theo se encogió de hombros.

—Estoy pensando en traer a mi madre cuanto antes —admitió—. Estoy seguro de que estará disfrutando del buen tiempo, de la compañía de su hermana y de la de sus nietos, pero... ¿al fin y al cabo es una manera de que estemos ociosos no?

—Puede...

—Y en cuanto a nosotros... Admito que la cosa es un poco diferente a como yo la imaginé.

—¿Por qué?

—Esta conversación está enfriando la situación —Theo se colocó de lado y movió a Becky para que estuvieran frente a frente—. Pensé que mi madre estaría encantada de descubrir que yo era capaz de tener algo más que relaciones esporádicas con mujeres inapropiadas. Suponía que esto la animaría y que dejaría de imaginarse que yo me iba a quedar soltero para siempre, porque no soy capaz de crear lazos con una mujer de forma permanente. Intenté insinuarle que quizá no fueras la mujer para mí, pero que seguro que habría alguna mujer que lo fuera... Una mujer que no fuera una modelo sin cerebro.

–No todas las modelos son así –Becky pensó en su hermana.

–Lo sé –admitió Theo–, pero quizá yo me he dedicado a buscar las que si lo son. En cualquier caso, creo que también pensaba que sería capaz de romper nuestra relación con facilidad. Que poco a poco nos iríamos separando a causa de mis compromisos laborales, o de los tuyos. Y que así podría explicar que hubieras desaparecido de mi lado. No tenía ni idea de que mi madre se creería esta locura con tanto entusiasmo, ni de que se enamoraría de ti como se ha enamorado. Se plantea un problema, Becky, pero no significa que no lo podamos solucionar.

–¿Qué problema?

–Puede esperar. No puedo hablar más, Becky... –introdujo dos dedos en su cuerpo y comenzó a moverlos de arriba abajo–. Y creo que tú tampoco.

Él no le dio tiempo a seguir con la conversación. Se tumbó sobre ella y la besó en la boca de forma apasionada.

Ella gimió al ver que él colocaba la cabeza de nuevo entre su piernas y comenzaba a juguetear sobre su sexo. Arqueó la espalda y comenzó a mover las caderas contra su lengua.

Estaba incendiada por dentro y se dedicó a juguetear con sus pezones para provocarse más placer. Estaba a punto de llegar al clímax...

Y cuando ya no podía soportarlo más, él se retiró para ponerse un preservativo.

Ella no podía esperar a sentirlo en su interior. Igual que Theo, también deseaba aquello. A diferencia de él, su deseo iba acompañado de otras cosas.

Theo la penetró despacio. Era grande y cada vez que habían hecho el amor había procurado seguir un ritmo suave y la había penetrado con delicadeza.

A ella le encantaba su manera de moverse. Sabía muy bien dónde acariciarla para darle el máximo placer. Era como si su cuerpo hubiese estado diseñado para responder ante él, de un modo que nunca respondería ante otro hombre.

Y esa vez no fue diferente. Él la penetró con fuerza y ella dobló las rodillas para acogerlo en su interior. Después, se dejó llevar por el orgasmo hasta que la sensación fue tan intensa que el mundo pareció detenerse a su alrededor.

Becky sabía que él la estaba acompañando. Notó la tensión de su cuerpo y oyó un gemido de satisfacción.

Lo abrazó con los ojos cerrados y se estremeció al regresar del lugar donde él la había llevado. Theo permaneció quieto unos instantes, abrazándola. Aquella sensación de unidad, provocó que Becky sintiera ganas de llorar.

No obstante, le susurró acariciándole el rostro hasta que él abrió los ojos y la miró:

–Me decías que hay un problema, Theo...

–¿No suele ser el hombre el que rompe el espejismo del coito al hablar? ¿O quedándose dormido o levantándose para trabajar? –bromeó Theo, besándola en la punta de la nariz.

–¿Me pregunto cuál de las tres habrías elegido? –Becky lo besó en la boca.

–Contigo... –murmuró Theo, acariciándole un pezón y pensando en que podía introducirlo de nuevo en su boca y quedarse con él hasta que ambos estuvieran preparados para volver a hacer el amor. Y a juzgar por cómo se comportaba su pene, no sería dentro de mucho–. Contigo, podría repetir antes de elegir opción.

–Todavía no.

Theo se tumbó sobre la espalda y se rio.

–De acuerdo. Este es el problema –suspiró –. Creo que no va a ser fácil que desaparezcas de mi vida de la noche a la mañana, por mucho que yo ponga excusas para justificar tu desaparición. Mi madre tiene suficiente fuerza para pedir que te reúnas con ella y preguntarte por qué no estamos haciendo planes de boda. Yo te pedí quince días, pero igual no es suficiente.

–Ha de serlo, Theo. Tengo que continuar con mi vida –se apartó de Theo y colocó la mano sobre su torso para que él no se acercara.

–Lo comprendo –mintió. Tampoco pensaba que por pasar unos días más con ella fuera a resultarle más fácil olvidarla.

–No voy a estar a tu disposición y solo porque necesites que aparezca de vez en cuando.

–¿Y qué te parece si estás a mi disposición porque no puedo apartar mis manos de tu cuerpo y no quiero que desaparezcas de mi vida?

Si no hubiera dicho eso...

Si hubiera permitido que siguiera creyendo que lo único que él deseaba era continuar con el acuerdo que habían pactado...

Él no quería que ella desapareciera de su vida. Ella sabía que era una tontería interpretar algo más a partir de ahí, pero no podía evitar pensar que el destino los había juntado en aquel lugar, donde las posibilidades eran interminables. Si él se diera cuenta...

—Sé que no lo dices en serio —murmuró ella, percibiendo inseguridad en su voz.

—Nunca he hablando tan en serio en mi vida, Becky —le dijo Theo. Aquello no solo tenía que ver con su madre. No... Aquello tenía que ver con él. Y pensaba que con más tiempo conseguiría sobreponerse al fuerte deseo que lo había capturado.

—No es práctico, Theo, y además...

—Además, ¿qué? —al ver que no contestaba, añadió—. Dime que tú no sientes lo mismo, Becky. Esto no tiene nada que ver con mi madre. Te pediría lo mismo si mi madre no entrara en esta ecuación. No quiero que te vayas...

«Todavía», pensó Becky, tratando de mantener la cordura. «No quieres que me vaya todavía...»

No podía dejarse llevar más por la situación. Se había enamorado de él. Y cada día que pasaba a su lado se enamoraba todavía más.

Theo sabía que sería difícil echarla de su vida de repente, pero podría encontrar la manera de hacerlo. Sin embargo, la deseaba, y su deseo era más poderoso que la razón.

Había comenzado una relación con ella para conseguir la casa. Romperían cuando regresaran a Inglaterra y, cuando se calmara la situación, compraría la casa. Habrían disfrutado de unos días de buen sexo en los Cotswolds y de un devaneo provocado por las extrañas circunstancias en que se habían encontrado.

Si por algún motivo continuaban cuando regresaran a Londres, se vería envuelto en una relación de verdad. ¿Cómo podía llamarlo de otra manera? Aunque ella hubiera dicho que él no era su tipo, ¿cuánto tiempo pasaría antes de que eso cambiara? ¿Se dejaría seducir por un estilo de vida que nunca había imaginado que tendría? Hubo un tiempo en el que él había dudado de que ella pudiera encajar en su vida. Se había equivocado. Al ver con qué facilidad se quitaba la ropa elegante que se había comprado, comprobó que encajaría de maravilla.

Una mujer podía acostumbrarse fácilmente a la alta costura. ¿Cuánto tiempo pasaría antes de que ella se convirtiera en una mujer como las otras e intentara convencerlo para que se casara con ella y planificara cosas que nunca se harían realidad?

Nada de eso importaba, porque el sexo que practicaba con ella era muy bueno.

Además, si se separaba de ella, tendrían que mantener el contacto porque él le había prometido comprarle una clínica y necesitaría su opinión para encontrar un lugar adecuado. No podrían separarse sin mirar atrás.

En ese momento, tomó una decisión. Tendría que abandonar la idea de comprar su casa. Teniendo en cuenta todo lo que había sucedido después, había sido una equivocación, y Becky no debía enterarse.

En poco tiempo, ella habría cambiado de trabajo y estaría enfrentándose al reto de vivir en otra ciudad. Se verían de vez en cuando, pero no a menudo. Su madre podría volver a verla alguna vez, pero nada más. Saldrían a cenar y él controlaría la conversación.

Era una pena lo de la casa, pero él sabía que unas veces se gana y otras se pierde.

Theo metió la mano entre las piernas de Becky y la besó con delicadeza. Eso era lo que él conocía, el poder del sexo, y estaba dispuesto a forzar que ella lo admitiera. No iba a permitir que ella se marchara, dándole discursos acerca de lo que tenía sentido y lo que no. Si ella se marchaba, tendría que enfrentarse a lo que dejaba. Sexo salvaje y explosivo.

Theo era un hombre que sabía cómo aprovecharse de las situaciones que le presentaba la vida.

Becky gimió y empezó a temblar. Él movió los dedos y la acarició hasta que ella deseó gritar y suplicarle que la poseyera. Becky imaginó todo lo que deseaba que le hiciera. Imaginó cómo sería sujetarle sus brazos poderosos con una correa de cuero y atormentarlo haciéndole el amor despacio...

Imaginó que hacían el amor en el campo, desnudos bajo un cielo estrellado, y que se acariciaban el uno al otro en la última fila del cine, como si fueran adolescentes...

Entonces, dejó de imaginar porque nada de eso sucedería si ella se marchaba.

Ella no quería que nada de eso sucediera. Sabía cuáles eran las consecuencias de prolongar aquella desastrosa unión.

Aun así, estiró la mano, le sujetó el miembro erecto y comenzó a masajeárselo antes de subirse a horcajadas sobre su cuerpo y dejarse llevar hasta la rendición...

Capítulo 10

CÓMO pudiste...? ¿Cómo pudiste hacerlo?
Eso era lo que Becky había deseado gritar
diez días antes al hombre que se había convertido en su amante.

Ella pensaba que el hecho de quedarse en cama
un día entero para recuperarse de un virus, la había
colocado en el lugar perfecto para que él atacara al
poco sentido común que le quedaba.

Becky se había abandonado por completo y ambos habían pasado el resto de días que tenían en Italia incapaces de apartar las manos el uno del otro. Algo
que hizo que la madre de Theo se quedara encantada.

Y, después, cuando regresaron a Inglaterra ella no
paró de recordarse que, tarde o temprano, todo desa-
parecería. Los compromisos laborales y los detalles
que tendría que solucionar para su nuevo trabajo,
reducirían el tiempo que podían pasar juntos hasta
que se separaran de todo. Él no era el tipo de hombre
que podía mantener relaciones a distancia, ni en las
que su pareja estuviera inaccesible.

Por supuesto, ella tuvo que regresar a los Cotswolds
para comenzar a desmantelar su vida y comenzar en
un lugar nuevo. No obstante, le daba la sensación de
que había visto a Theo más de lo que imaginaba que

podría verlo. Además, la madre de Theo regresó de Italia antes de lo esperado

Becky miró su alrededor, en la casa donde todo había comenzado y vio que estaba reformada hasta un punto que la hacía vendible.

De hecho, apenas reconocía el lugar.

Pestañeó deprisa para contener las lágrimas. En su momento había pensado que la casa y la consulta eran parte del trato que había hecho con él por seguirle el juego. Ella había aceptado, y no por la recompensa, sino por el placer de estar con él, porque lo había echado de menos.

Por supuesto, todo era más complejo de lo que ella había imaginado.

Se detuvo para mirarse en el espejo del recibidor recién pintado. Había tirado todos los vestidos caros, los zapatos de diseño y la ropa interior.

«Esta eres tú», pensó mirando su reflejo. «Una veterinaria bastante guapa que ha vivido toda la vida en el campo. No una elegante gatita con poder suficiente como para hacer que Theo Rushing vuelva la cabeza».

¿Qué diablos le pasaba?

El amor se había apoderado de ella y la había destrozado porque no lo esperaba de aquella manera.

Esperaba a alguien como Freddy. Esperaba abrazos, caricias, besos, y sexo tranquilo y amable.

No esperaba mantener sexo salvaje, así que se había dejado llevar por el deseo hasta que ya era demasiado tarde para protegerse.

El amor la había convertido en una marioneta que se había entregado a los brazos de Theo, a pesar de que sabía que no sería algo recíproco. El amor había desconectado todas sus alarmas y había provocado que tuviera esperanzas.

Ella comenzaba a pensar que él sentía más por ella de lo que él imaginaba. La gente decía una cosa, pero la vida tenía una manera de interferir en las buenas intenciones.

¿Le había pasado lo mismo a él? No podía tratarse solo de sexo... Habían compartido momentos en los que ni siquiera estaban en la cama, momentos en los que él la había aconsejado sobre su consulta de manera sensata. Consejos de un hombre que había llegado a lo más alto.

No había sido lo mismo para él. Él tenía un plan para marcharse y ella había deseado gritar al descubrirlo. En cambio, se había marchado a Francia una semana para estar con su familia. Durante un tiempo había conseguido distraerse lo suficiente como para ver una salida. Había disfrutado de su hermana y de su embarazo. Había permitido que la felicitaran por su ambición de mudarse y montar una clínica propia, pero siempre tratando de no dar explicaciones acerca de cómo pensaba hacerlo. Había hablado de préstamos bancarios y de la posibilidad de que alguien invirtiera con ella...

Aunque después, había regresado a la casa. Y estaba mirando por la ventana del recibidor.

Por primera vez en diez días, desde que la madre de Theo le había contado detalles de su pasado que él le había ocultado, iba a encontrarse con él.

No tenía ni idea acerca de qué era lo que a él le pasaba por la cabeza, pero no quería que él supiera lo que pasaba por la de ella. Al menos, no cuando ella se había sentido tan humillada y lo único que tenía eran ganas de gritar cosas incoherentes que la harían vulnerable.

Cuando se encontrara con él, quería mostrarse fría y distante.

Tampoco estaba segura de si mencionaría algunas cosas. Quizá solo le diría que sentía que lo que habían compartido se estaba acabando. Quizá él había captado la indirecta, porque no le había devuelto las llamadas y, en las dos ocasiones que lo había hecho, se había mostrado distante.

Al oír el motor de su coche, ella se retiró rápidamente de la ventana. Estaba nerviosa. Cuando sonó el timbre, se secó el sudor de las manos en los pantalones vaqueros y respiró hondo.

Sabía que, en cuanto abriera la puerta, la presencia de Theo la afectaría con la misma fuerza de siempre. El tiempo y la distancia no habían servido para que fuera de otra manera. Su atractivo provocaría un nudo en su garganta y que se sintiera débil e indefensa.

Para que no pareciera que lo esperaba ansiosa, permitió que él llamara al timbre unos segundos antes de abrir la puerta.

Y allí estaba él.

El clima había cambiado desde que él había estado en los Cotswolds por última vez. La primavera había llegado y los árboles y las flores estaban en su máximo esplendor.

Era sábado y no era día laboral. Él había llegado a las cuatro de la tarde, horas después de que ella hubiera regresado de Francia. Llevaba unos pantalones vaqueros de color negro, un polo del mismo color y una chaqueta colgada de un hombro.

Parecía una estrella de cine.

Y ella experimentó las mismas sensaciones que siempre que lo había visto.

—Theo —consiguió decir, echándose a un lado para que lo dejara pasar

El aroma de su cuerpo era embriagador.

—Entonces... —Theo se volvió para mirarla con expresión impasible. Su lenguaje corporal era frío y controlado. Nada parecido a lo que sentía de verdad, porque ella se había pasado diez días jugando a evitarlo y eso lo había puesto muy nervioso. Ella se había marchado a Francia de repente. Y había ido a ver varios lugares donde abrir la consulta sin él, a pesar de que era él quien iba a realizar la compra.

—¿Qué pasa, Becky?

Ni siquiera habían salido del recibidor y ya era evidente que no iba a haber palabras amables para adornar lo que ella estaba a punto de decir. Terminar algo siempre era difícil, pero Becky iba a terminar aquello con un toque de amargura que la acompañaría siempre.

—He pensado que debía enseñarte la consulta que creo que sería buena para mí. El veterinario que la lleva se va a jubilar y busca a alguien para traspasársela. Tiene un tamaño parecido a la de aquí y, puesto que está en la ciudad, el trabajo será menos exigente y se obtendrá más beneficio por él —se dirigió hacia el salón.

Dos semanas antes, ella se habría lanzado a sus brazos y no habrían llegado al dormitorio.

Theo tenía que estar ciego para no captar el mensaje de que la relación había terminado entre ellos. Y no lo estaba.

–Sé que comprar la consulta era parte del trato...

Theo agarró a Becky con una mano y la giró para que lo mirara.

–¿Así es como me recibes después de dos semanas sin vernos, Becky? –dio un paso adelante–. ¿Con una conversación formal sobre negocios?

Ella retiró el brazo y dio un paso atrás.

–Está bien –dijo enfadada–. ¿Cómo quieres que te reciba? Supongo que sabrás que... –se calló de golpe.

–¿Qué? ¿Por qué no me lo cuentas, Becky?

–Hemos terminado. Voy a seguir con mi vida y es hora de que esto termine –miró a otro lado porque no podía mirarlo.

Él lo sabía. ¿Cómo no iba a saberlo? Becky había desaparecido de repente. Él había intentado contactar con ella y, aunque habían hablado en algunas ocasiones, la conversación había sido breve y distante. Él podría haberla llamado más veces, porque su silencio lo volvía loco, pero el orgullo había intervenido en su manera de actuar.

Se sentía muy mal. Deseaba encogerse de hombros y marcharse. Permitir que sus abogados se ocuparan del papeleo de la consulta.

No podía hacerlo y notaba algo completamente nuevo para él. Desesperación.

Necesitaba moverse, así que se dirigió a la cocina. Apenas se fijó en la reforma que había pagado con su dinero. Ella le decía algo por detrás, algo acerca de devolverle el dinero que le había prestado. Él se giró y la interrumpió.

–¿Por qué? Y ya puedes dejar de actuar y de decir que has de continuar con tu vida. La última vez que nos vimos te retorciste bajo mi cuerpo suplicándome que te poseyera.

Becky se puso roja de furia. Se acercó al fregadero y se apoyó en él con las manos en la espalda, porque se sentía incapaz de sentarse en la mesa.

–¡Puede que sea porque he decidido que no quiero tener a un canalla en mi vida!

Theo se quedó quieto. Por primera vez no supo qué decir. Cuando sus miradas se encontraron, ella fue la primera en mirar hacia otro lado. Él todavía tenía la capacidad de hacer que se sintiera temerosa porque ella sabía que era capaz de hacerle perder los nervios.

–Explícate –dijo él, consciente de qué era lo que ella iba a decir. En realidad le sorprendía que hubiera pensado que no lo descubriría, que podría seguir con aquella relación y después marcharse sin que ella se enterara.

–No llegaste aquí solo porque estabas dando una vuelta en coche, ¿verdad, Theo? –preguntó ella, tratando de controlarse–. No eras un pobre millonario perdido que apareció en la puerta de la casa de una pueblerina, ¿a que no? Viniste porque querías comprar la casa. Tu madre me lo dijo. Me dijo que ella deseaba volver a la casa donde había sido feliz con tu padre. Me contó que después del accidente, ella se había marchado corriendo y diciendo que nunca volvería, pero que últimamente deseaba hacer las paces con su pasado y, sobretodo, ahora que te veía feliz y que habías sentado la cabeza –se rio con sarcasmo, pero le temblaban las manos–. ¿Cuándo decidiste que tenía sentido venir a ver la casa y comprobar cuánto podías pagar por ella? ¿Cuando decidiste acostarte conmigo para que resultara más fácil comprarla barata? ¿Decidiste retrasar tu plan porque te resultaba más importante que fingiera ser tu novia que quitarme la casa de las manos? Después de todo, ya te habías acostado conmigo, así que ¿por qué no alargarlo un par de semanas hasta que tu madre se recuperara? Después, romperías la relación y te apresurarías a comprar la casa. Ya has hecho la reforma para que la casa cumpla con tus requisitos. ¿Ibas a contarme que tú eras el comprador? ¿O ibas a mantenerme a tu lado un poco más, para poder convencerme de que te la vendiera barata antes de dejarme marchar?

Theo se pasó la mano por el cabello.

Lo había estropeado todo. Había estropeado lo único bueno que le había pasado en su vida, con su arrogancia, su orgullo y la necesidad de controlarlo todo.

–Deja que te explique –dijo él.

Ella soltó una carcajada.

–¡No quiero que me expliques nada!

–¿Para qué me has dejado venir si no quieres escuchar lo que tengo que decir? –preguntó él. Deseaba acercarse a ella, pero sabía que sería un gran error. Por una vez tendría que emplear la palabra. Decirle lo que sentía, y lo que le asustaba. Nunca lo había hecho y...

Ella lo odiaba. Se notaba en su rostro, pero antes no lo había odiado. Quizá había dicho que no era su tipo de hombre, pero habían encajado como él nunca había encajado con una mujer.

Él debería haberle contado la verdad cuando estuvieron en Portofino. Había empezado, pero se dejó entretener. Y estaba pagando un precio que no quería pagar.

—Tienes razón. Vine aquí con la intención de comprar este lugar. Mi madre insistía en que quería regresar aquí. Tenía el dinero y no veía motivos para no recuperar lo que le habían comprado por muy poco —levantó la mano al ver que ella iba a interrumpirlo. Quería terminar de hablar. No le quedaba más elección.

—Me has utilizado.

—Me aproveché de una situación y en su momento parecía lo adecuado —la miró con sinceridad—. No me gusta tener esta conversación contigo aquí de pie. ¿No quieres venir?

—No me gusta pensar que me has utilizado. Así que ya somos dos a los que no nos gustan las cosas que no van a cambiar. Acostarte conmigo solo era parte de tu plan, ¿verdad?

—No me habría acostado contigo si no me hubieras gustado, Becky. Y me gustas más de lo que me ha gustado ninguna otra mujer en mi vida. Es posible que pienses que lo que hice no era ético, pero...

—¿Pero? —al menos ella le gustaba. Theo no mentía en eso.

—Era la única manera de la que sabía comportarme —dijo él.

Ella se relajó una pizca, pero permaneció donde estaba, con cuidado de no acercarse a él. ¡Y tampoco iba a preguntarle qué quería decir!

Se fijó en que él inclinaba su cuerpo hacia ella y agachaba la cabeza, apoyando las manos en sus muslos y juntando las manos. Era como una postura de derrota.

Theo la miró dubitativo.

Tenía unos ojos preciosos y cuando la miraba así, como si estuviera buscando un camino entre la niebla, ella notaba que se revolvía algo en su interior.

–Siempre he sido un hombre duro –admitió él en voz baja.

Ella dio un par de pasos hacia delante y se sentó en el otro extremo de la mesa. Theo la miró y se preguntó si debía hacerse esperanzas–. Tenía que serlo. La vida no fue fácil mientras crecía, pero creo que eso ya te lo he contado.

–Mientras no me contabas otras cosas –contestó Becky.

–Tienes razón –agachó la cabeza un instante y la miró de nuevo–. Mi madre nunca estaba feliz. No es que no fuera una buena madre, era una madre estupenda, pero nunca se recuperó de la muerte de mi padre –esbozó una sonrisa–. Al final sacó muy poco dinero por la casa. La vendió barata y cuando terminó de pagar la hipoteca, no le quedaba dinero para comprar nada más. Tuvo que trabajar mucho para asegurarse de que teníamos comida y calefacción para el invierno. Eso es lo que yo viví. Supongo que es lo que me hizo pensar que el amor y los sentimientos eran algo que debía evitar porque te hacía débil. Lo que importaba era la seguridad, y eso solo te lo ofrecía el dinero. Cerré mi corazón y lancé la llave muy lejos. Eran invencible. Nunca se me ocurrió que no tendría que encontrar la llave para abrirlo porque alguien más lo haría por mí.

Becky respiró hondo.

–Tenía sentido que quisiera comprar la casa barata. Mi plan era venir, dejar el dinero sobre la mesa y quedarme con lo que debería haber sido de mi madre. Entonces, tú abriste la puerta y todo cambió. Después nos acostamos y todo siguió cambiando. Yo me decía que no había cambiado nada, que seguiría con la compra de la casa, pero había iniciado una caída libre sin darme cuenta. Becky, quería contarte por qué aparecí en la puerta de tu casa, pero me encerré a mí mismo y no conseguí el valor para salir.

Theo negó con la cabeza. Ella estaba muy quieta y, por una vez, él no sabía lo que estaba pensando. No importaba. Tenía que seguir adelante.

–Al final, no iba a comprarla –le confesó–. Tomé la decisión antes de regresar a este país. El único problema era que nunca terminé de razonarlo porque, si lo hubiera hecho, me habría dado cuenta de que había abandonado el plan de comprar tu casa para mi madre porque me había enamorado de ti, y hacer algo así a escondidas, aunque tú estuvieras dispuesta a vender me parecía mal.

–¿Qué? ¿Dilo otra vez? Creo que no lo he entendido bien...

–He sido idiota –Theo la miró–. Y no sé cuánto tiempo habría seguido siéndolo. Solo sé que los últimos diez días han sido un infierno y que, cuando me has dicho que querías que saliera de tu vida, era como si se me hubiera acabado el mundo. Becky... –buscó las palabras para decir algo que no había dicho nunca–. Sé que no me consideras el hombre ideal...

–Basta –la cabeza le daba vueltas después de oír cosas que nunca había imaginado que llegaría a oír–. No pensé que fueras el hombre para mí. Siempre me había imaginado cómo sería y tú no encajabas con mi idea. Había muchas cosas en tu forma de vida que yo nunca había visto –sonrió recordando el primer día en que lo vio–. Eres irresistible. Me enamoré antes de acostarme contigo, y después desapareciste sin mirar atrás.

–No tanto –murmuró Theo–. Si supieras –gesticuló para que se sentara encima de él y ella se acercó.

Becky suspiró. Allí era donde pertenecía. Cerca de él. Si aquello era un sueño, esperaba no despertar.

–Cuando me llamaste, me puse muy nerviosa. Después me di cuenta de que solo me habías llamado porque querías algo de mí. Que yo era la única mujer que podía dártelo porque era sencilla, el tipo de mujer que a los hombres no les importa llevar a casa de su madre.

–Eres la mujer más sexy que he conocido nunca –le aseguró muy serio.

Ella sonrió.

–Lo bueno es que también eres el tipo de mujer que hace que me sienta orgulloso a la hora de presentarte a mi madre.

–Puse la norma de *sexo cero* –dijo Becky pensativa–, pero estaba entusiasmada con volverte a ver. Incluso cuando estaba enfadada, porque algunas cosas de las que me dijiste, como la de que tenía que cambiar de vestuario para parecer una novia convincente, eran muy ofensivas... Sin embargo, seguía entusiasmada. Era como si de pronto solo pudiera sentirme viva en tu compañía –suspiró–. Y eso nos lleva al principio una vez más. A la casa y a tus motivos para aparecer allí.

–Creo que hay algo que mi madre desea mucho más que una casa –la besó en la comisura de los labios y, cuando ella se giró y lo rodeó por el cuello, la besó apasionadamente hasta que empezó a olvidar lo que iba a decir. Entonces, se retiró una pizca y la miró–. Mi madre quiere una nuera y me he dado cuenta de que lo que yo más deseo es tener una esposa como tú. ¿Quieres casarte conmigo, amor mío?

–Me has llamado *amor mío*..

–¿Y me permitirás que te llame esposa?

–Mi querido futuro esposo... Sí, te lo permitiré.

Bianca

**Tal vez no quisiese tenerla como esposa,
¡pero disfrutaría teniéndola en su cama!**

Si Sophia Rossi quería sal-
var el negocio de su padre,
lo único que podía hacer era
unir el imperio Rossi con el
de la familia Conti. Luca Conti
ya le había roto el corazón en
una ocasión, pero aquella
vez iba a llevar ella las riendas. Aunque Luca todavía
consiguiese hacerla temblar
con tan solo una mirada.
Luca llevaba años cultivan-
do su mala reputación para
ocultar la oscuridad que había heredado de su padre,
una fachada que a Sophia
le resultaba demasiado familiar. No obstante, Luca
sabía que su propuesta tenía ciertos beneficios…

SOLO POR DESEO

TARA PAMMI

Acepte 2 de nuestras mejores novelas de amor GRATIS

¡Y reciba un regalo sorpresa!

Amor en la tormenta
Maureen Child

Estar atrapado en una tormenta de nieve con su malhumorada contratista no era en absoluto lo que más le apetecía al magnate de los videojuegos Sean Ryan. Entonces, ¿por qué no dejaba de ofrecerle su calor a Kate Wells y por qué le gustaba tanto hacerlo? Con un poco de suerte, una vez la nieve se derritiera, podría volver a sus oficinas en California y olvidar esa aventura.

Pero pronto iba a desatarse una tormenta emocional que haría que la tormenta de nieve que los había dejado atrapados no pareciera más que un juego de niños.

¿Cómo iba a darle la noticia de que estaba embarazada a su jefe?

Bianca

Retenida… Embarazada de su hijo…

Cuando a Georgia Nielsen le ofrecieron contratarla de madre de alquiler para un enigmático hombre de negocios, no pudo permitirse decir que no. Pero antes de darse cuenta de que había hecho un pacto con el diablo se vio atrapada en una remota y aislada isla griega, sin posibilidad de escape, acechada por el inquietante amo de sus costas. Marcado por la trágica pérdida de su esposa, la única esperanza de futuro de Nikos Panos residía en tener un heredero. Pero la constante presencia de Georgia amenazaba con desatar el deseo que mantenía encerrado con llave en su interior desde hacía demasiado tiempo. Si quería que Georgia se rindiera a él, no iba a quedarle más remedio que enfrentarse a los demonios que lo perseguían…

UNA ISLA PARA SOÑAR

JANE PORTER